双擘凌烟阁

孟军◎著

北方联合出版传媒(集团)股份有限公司
万卷出版公司

图书在版编目（CIP）数据

双擎凌烟阁／孟军著. -- 沈阳：万卷出版公司，2018. 8

ISBN 978-7-5470-4827-6

Ⅰ. ①双… Ⅱ. ①孟… Ⅲ. ①长篇历史小说-中国-当代 Ⅳ. ①I247. 5

中国版本图书馆 CIP 数据核字（2018）第 066868 号

出 品 人：刘一秀
出版发行：北方联合出版传媒（集团）股份有限公司
　　　　　万卷出版公司
　　　　　（地址：沈阳市和平区十一纬路 25 号　邮编：110003）
印 刷 者：北京长宁印刷有限公司
经 销 者：全国新华书店
幅面尺寸：145mm×210mm
字　　数：190 千字
印　　张：7
出版时间：2018 年 8 月第 1 版
印刷时间：2018 年 8 月第 1 次印刷
责任编辑：张冬梅
封面设计：東方朝阳
版式设计：東方朝阳
责任校对：张希茹
ISBN 978-7-5470-4827-6
定　　价：36. 00 元

联系电话：024-23284090
邮购热线：024-23284050
传　　真：024-23284521

常年法律顾问：李　福　　举报电话：024-23284090
如有印装质量问题，请与印刷厂联系。联系电话：010-56249152

前言

有生之年，写点有关历史的东西，哪怕是一个历史事件或历史人物，对于学过历史专业的我，一直是个夙愿。

我的祖籍是山西太原晋祠，爷爷那辈在清朝末年是有功名的。小时候在晋祠读书，农历新年闹社火或平时有个什么庙会，家里的大人们最爱去看晋剧《打金枝》。问父亲那里演的是什么，父亲总是敷衍地说："小孩子不懂，那是唐朝的事，远着呢。"不愿我打扰他看戏。后来读书知道了，《打金枝》，演的是唐朝代宗时期郭子仪拜寿的一个历史事件……

历史事件，是历史科学的基本范畴，也是记录历史的基本路线或阐述历史的基本框架。而所有的历史事件，都是当时的有关历史人物演绎的。所以，历史是记载或解释作为一系列人类进程的历史事件的一门科学。安史之乱是唐朝中期重要的历史事件，从大唐中兴的历史角度看，郭子仪、李光弼，无疑是这一历史时期重要的历史人物。

《双擎凌烟阁》一书，叙述的是安史之乱过程中，郭子仪、李光弼如何保江山的人物传记。技术路线是：以史为纲，客观叙述，适度描写，略有演绎，少有置评。

以史为纲，指的是主要依据《旧唐书》《新唐书》和《资治通鉴》。尤其是《旧唐书》，因其修撰离唐朝灭亡不远（公元945年），故史料来源比较翔实。清代学者赵翼认为："《旧唐书》前半全用实录、国史旧本。"目前研究新旧唐书的论著中，大都沿引这一史源之说。

客观叙述，指的是：时间上按照《资治通鉴》记录的事件的发生、过程、结果的编年体走向客观叙述；空间上依据主要史料，结合人物在历史事件中扮演的角色，有客观的顺叙，也有客观的倒叙。

适度描写，指的主要是两个方面，一是白话描写与史料描写相结合；二是人物性格描写与事件情节描写相结合。通过适度描写，把史学价值和文学价值有机结合。即用文化史的观点适度描写，如《左传》《史记》《资治通鉴》等。

略有演绎，指的主要也是两个方面，一是需要对一些历史事件做一点因果关系的分析或推论；二是需要用一些正史之外的有出处的史料做点补充和修饰。

少有置评，指的主要是对历史事件中的历史人物的历史评价，尽可能地用史评而非主观臆断和好恶，尤其是在郭子仪与李光弼的盖棺定论上。

凌烟阁，是唐代长安皇城太极宫东北隅三清殿侧的一座建筑。贞观十七年（公元643年）二月二十八日，唐太宗李世民为表彰功臣，亲自撰写赞词，褚遂良题额，阎立本画像，当时只有二十四位打天下的开国功臣画像供人瞻仰，包括人们熟知的唐太宗、长孙无忌、魏徵、房玄龄、尉迟敬德、李靖、秦叔宝等。目的是：表彰功臣，奖掖后进。

而后，至唐代宗广德元年（公元763年）七月前的一百二十年间，凌烟阁再无功臣画像跟进，原因是这一百二十年间大唐处于盛世，相对和平。

然而，唐玄宗天宝十四年（公元755年）十一月九日，安史之乱爆发，存亡之际，英雄勇武，郭子仪、李光弼双擎天下，力挽狂澜，功高盖世。唐肃宗："今郭子仪、李光弼已为宰相，若克两京，平四海，则无官以赏之，奈何?"（《资治通鉴》卷二百一十九）。

于是，凌烟阁自唐太宗建立的一百二十年后，唐代宗又开阁图形，迎来了两位保天下的中兴之臣：郭子仪，李光弼。

写点有关历史的东西，为什么选择了唐朝，选择了历史事件安史之乱，选择了这一历史事件中的重要历史人物郭子仪、李光弼？我的祖籍是山西太原晋祠，唐高祖李渊从太原起兵，唐太宗李世民在晋祠有撰写的碑文《晋祠之铭并序》，碑文中有云：“故无言不酬，无德不报。所以巡往迹，赛洪恩，临汾水而濯心，仰灵坛而肃志。”

以人为鉴，可以明得失。

脱稿于彭城，终稿于南京

2017 年 6 月 10 日

目录

第一章　双星於辰，不约而同

郭子仪（《旧唐书》卷一百二十，郭子仪传）：“郭子仪华州郑县人，父敬之，历绥、渭、桂、寿、泗五州刺史，以子仪贵，赠太保，追封祁国公。子仪长六尺余①，体貌秀杰，始以武举高等补左卫长史，累历诸军使。天宝八载於木剌山置横塞军及安北都护府，命子仪领其使，拜左卫大将军。十三载，移横塞军及安北都护府於永清栅北筑城，仍改横塞军为天德军，子仪为之使，兼九原太守，朔方节度使右兵马使。”

男儿何不带吴钩，收取关山五十州②。唐玄宗李隆基先天二年（公元 713 年）七月三日，诛灭太平公主事变后，十月在骊山搞了一次盛大的耀武扬威的阅兵仪式，“讲武於骊山之

① 子仪长六尺余。唐代一尺合今天 30.7 厘米，相当于 1.84 米。

② 男儿何不带吴钩，唐代诗人李贺诗《南园十三首》。

下，征兵二十万，旌旗连亘五十余里。”（《资治通鉴》卷二百一十）史称“骊山讲武”，继承了大唐开国以来尚武的精神。

一、立志从军，金榜题名

郭子仪出生的年代（公元 697 年）是唐则天后神功元年，也是武则天晚年时期。这一时期边患堪忧，契丹、突厥等北方民族时有来犯。宰相狄仁杰曾上疏武皇：“天生四夷，皆在先王封略之外，故东拒沧海，西阻流沙，北横大漠，南阻五岭，此天所以限夷狄而隔中外也。”（《资治通鉴》卷二百零六）因此，自隋朝开科举先河以来，至武则天又开武举先河，目的就是提醒人们忘战必危。所以，戍边立功，达官晋爵，是将士乃至有为青年的必由之路。

郭子仪的少年时代，是随着父亲郭敬之在天南地北的军旅生涯中度过的。郭子仪的祖上曾是隋朝“关陇集团”成员①，父亲郭敬之，曾先后任吉（今江西吉安市）、渭（今甘肃陇西县）、寿（今安徽寿县）、绥（今陕西绥德县）、泗（今江苏泗县）五州刺史。可以说郭敬之任职所涉及的地域面积都非常广阔，从东到西、从南到北，几乎遍及唐朝各地。成年以前，郭子仪一直跟随父亲生活。唐朝官员迁徙赴任，交通工具

① 关陇集团，北魏时期主要籍贯在陕西关中和甘肃陇山周围的门阀军事势力，称之为“关陇集团”，其中西魏、北周、隋、唐四朝的皇帝都出自这个集团。

主要是车马船舶，这样远距离的大范围的迁徙任职，有利于开阔人的眼界，而且所经各地的气候、地貌、风俗差别很大，这些阅历，都对郭子仪的成长给予了丰富的营养。《郭家庙碑》①中描写到，说郭敬之，自幼仁爱，长成有德，风度闲雅，平生不做违背礼法之事；故玄宗皇上诏曰："故中大夫寿州刺史郭敬之，果君子之行，毓达人之德。才光文武，政美中和。"父亲的这些好品德，对郭子仪的成长和尔后的担当，都起到了很大的影响。

坊间传说之一：郭子仪八岁时在军营就能挥舞大刀，天赋神力，将士惊愕。郭敬之甚是欣喜，遂因势利导，言传身教，不仅授武功，敦促其读《论语》《孙子兵法》《道德经》等圣贤之书，而且每迁一地任职，无不请贤达能人辅之。

唐玄宗开元二年（公元 714 年）春季，中书省颁诏文武恩科开考，及冠之年的郭子仪在父亲的鼓励下报名应试。根据（《新唐书》选举志）要求，考试科目包括：长垛（步射）、马射、马枪、翘关（举重）、应对等五项，凡及格者算及第，再经兵部三铨，最后由吏部、兵部加盖（告身）治印，优胜者还需上殿殿试，面谢圣恩。几天应试下来，郭子仪不负父望，力冠群雄，夺魁登科。

坊间传说之二：玄宗皇上是在大明宫的紫宸殿殿试郭子仪等武进士的。当时在场的还有知内侍省事、宦官高力士，宰相

① 《郭家庙碑》，唐代宗李豫隶书题额，吏部尚书、大书法家颜真卿书写。

姚崇，辅国大将军王毛仲，以及中书省、吏部、兵部等有关主考官员。由于事先阅过郭子仪的“武论”，玄宗皇上依据边关外忧的现实思考，没有就郭子仪的“武论”殿试，而是题外问武略：

“北夷边患，由来已久，拒之何策？”

“攻防兼备，耀武扬威；和睦相处，不战屈人。”郭子仪成竹在胸。

玄宗皇上闻之频频颔首，心想眼前这个弱冠英武少年，假以时日，乃将帅之才！

坊间传说之三：根据（《新唐书》选举志）要求，“中第亦以饮酒礼，送兵部其选用之。”适时，艳阳高照，春风得意，鸣锣开道，武状元郭子仪，身裹铠甲，披红戴花，骏马高骑，与众及第进士，出含光门，入外郭城，游东西两市，过一百零九坊，百姓夹道迎送，少女梅枝洒酒，甚是欢喜热闹。然而，梅枝动春心，少女慕英雄。在众多少女中，有一位碧玉年华的少女，名曰王韫玉，其高祖曾是唐开国功臣，官拜左武卫大将军。父亲王守一，为当今圣上哥哥宁王府上的幕僚。她目迎望送着“少而美秀，长而魁伟，英姿质直，天然孝悌，宽仁无比，骑射绝伦”的郭子仪（选自《郭家庙碑》），一见钟情，芳心所属，终结连理，夫唱妇随。《汾阳王妻霍国夫人王氏神道碑》① 有云：“鹊巢配德，合好之义深；象服建封，宠

① 《汾阳王妻霍国夫人王氏神道碑》，唐代宗时期宰相杨绾撰写。

光之至极。况动循法度，躬事频繁，揭四德而表仪高门，秉一心而辅佐君子，则有夫人王氏，有唐元辅汾阳王之伉俪。”

二、积功边关，树立威信

金榜题名，洞房花烛，郭子仪春风得意，兵部告身其补左卫长史，也就是皇帝禁军幕府中的幕僚长。由于郭子仪的父亲长期在关内多地任职，虽有宰相兼兵部尚书牛仙客提携，因少有军功，官职一直不高，所以，郭子仪要想建功立业，唯边关图之。唐玄宗开元四年（公元 716 年），郭子仪所属的南卫兵部调往边陲。

开元初期，唐玄宗好大喜功，欲效法太宗，征服四夷，开疆扩土。这就给了郭子仪广阔的驰骋空间，积功边关，先后在河南、陕西、广西等地履军使职，历经十余年。唐玄宗开元十五年（公元 727 年），而立之年的郭子仪方被调到西北边关，至唐玄宗天宝十三年（公元 754 年），郭子仪驻屯戍边二十七年，才官拜天德军使，兼九原（今内蒙古包头市）太守，朔方（今宁夏吴忠市）节度使右兵马使，时年五十七岁，廉颇老矣？

安史之乱之前，郭子仪驻屯戍边主要的功绩如下：

一是厉兵秣马。开元年间唐朝在万余里的北部边疆用兵数十年，由于战争环境所致，屯垦戍边的将士演变成长久戍边，军事上实行了近百年的府兵制几乎瓦解，代之而起的是募兵制。府兵制是一种兵农合一的兵役制度，即府兵平时在家务农，闲时操练兵马，战时集中出征。募兵制是一种职业军人制度，吃官粮，拿军饷，长期训练。郭子仪驻屯戍边二十七年，正赶上两种兵役制的新旧交替。在不断地对突厥、回纥、吐蕃的攻防战斗中，作为一线的领军将领，结合深厚的武略武功根基，他深刻地体会到，养兵千日的“养”，应包括：平时的正规操练，战前的针对操练，战后的改进操练，以及全过程的给养储备训练，比如躬耕农田，自力更生，又比如利用边境互市加大战马的替换等，即使从天宝元年到天宝十三年，边关和内地没有什么大的战事，太平盛世，大多战区的将士几无斗志，但郭子仪仍居安思危，没有丝毫懈怠所辖战区的厉兵秣马。所以，在而后的平乱、平叛的过程中，郭子仪带领的朔方军，始终是王师劲旅，中流砥柱。

二是政通人和。郭子仪兼任九原太守，说明他除了要管理边关的军事事务，还要管理边关的行政事务，军政重担一肩挑。地方的行政管理，说起来他也不陌生，早在桂州任都督府长史和经略副使时就实践过。九原郡在今天的包头以西、后套平原以东、黄河南岸以北的广大地区，历史上是南下中原、北出阴山的必争之地。汉代时期，这里是反击匈奴的前沿阵地；隋唐时期，这里是征战突厥及结盟回纥的历史舞台。唐玄宗天宝三年（公元 744 年），回纥首领骨力裴罗摆脱突厥控制，自称可汗，并助唐军歼灭突厥，成为漠北强国。九原郡在秦朝时是秦直道的北端终点，相当于今天的高速公路，边疆一旦有军事，秦王朝的骑兵三天即可从咸阳赶至，所以秦、汉、唐以来，这里一直都是军队集结和粮草集散的军事重镇。唐玄宗天宝八年（公元749年），朔方节度使张齐丘奏请在此设横塞军，推荐郭子仪担任军使，至其兼任九原太守的五年期间，郭子仪本着政通人和的治理理念，着重抓了两个关键环节：其一惠农务农，使民安居乐业，备战天下粮仓；其二，盘活互市，对回纥“怀之以德”，以期不战屈人。后事证明，在平乱平叛的过程中，回纥敬重郭子仪，愿其驱使。

三是树立威信。郭子仪在边关从军二十七年，从士兵到将军，靠的是个人的人格魅力和融洽处理上下左右的关系。兵书云：慈不掌兵。郭子仪在带兵的实践中意识到，团队作战有规矩为不“慈”，团队凝聚无规矩靠“仁”，方圆有度，仁者无敌。事实证明，无论是在和平时期的战区管理，还是在平乱平叛的征程岁月，朔方军不论遇到什么样的波折，只要郭子仪在，威信就在，军魂就在。

举几个案例：

其一，（《太平广记》神仙二十五）记载，郭子仪起初从军时，在沙漠边塞驻防担任军使，有一次到京城催军饷，回来走到离银州（今陕西米脂县）十几里的地方时，天色晚了，忽然刮起了风沙，天地昏暗，没法向前走了，于是躲进路旁一间空屋里，打了地铺住下。这天夜里，忽然房子左右一片红光，抬头看，只见空中有一辆华丽的车，车中有一锦绣的帷帐，一个美丽的女子，坐在床上垂着脚，从天上降下，俯身向下看。郭子仪急忙跪拜祝告说：“今天是七月初七，您一定是天上的织女降临了，请赐给我富贵和长寿吧！”仙女笑着说：“你能得到大富大贵，也能长寿的。”说罢，车子又慢慢升上天空，那仙女一直看着郭子仪，很久才消失。郭子仪后来战功卓著，地位尊贵，威望显赫。唐代宗大历元年（公元766年）年初，郭子仪镇守河中时，得了重病，三军部下十分忧虑，郭子仪就请来御医和幕僚王延昌、孙宿、赵惠伯、严郢等人，对他们说：“我得了这个病，但是我知道自己还没到死的时候。”接着他就把几十年前在银州遇见织女的事说了，大家这才放心，高兴地向他祝贺。

其二，唐玄宗天宝九年（公元750年）八月，曾向玄宗皇上推荐郭子仪担当横塞军使的朔方节度使张齐丘，老领导，因配发军粮不公，引发士卒骚乱，殴打他身边的军粮官，他束手无策，无力劝阻，眼见愈演愈烈，大有引火上身之势。关键时刻郭子仪赶到，挡在张齐丘身前，不怒自威，护他颜面，且言：休得无礼，自有公论。事态遂平息，张齐丘降职调离。

其三，唐代宗广德二年（公元764年）正月，汾州别驾李抱真知道仆固怀恩要谋反，乘机脱身返京城汇报，代宗皇上问计于他，李抱真对曰：“怀恩有异志，此不足忧也。朔方将士思郭子仪，如子弟之思父兄。怀恩欺其众云，郭子仪已为鱼

朝恩所杀，众信之，故为其用耳。陛下诚以子仪领朔方，彼皆不召而来耳。”（《资治通鉴》卷二百二十三）

孟子曰：天将降大任于斯人也，必先苦其心志，劳其筋骨……郭子仪驻屯戍边二十七年，烽火连战，风霜雪雨，披星戴月，幸得夫人无怨无悔，相依相伴，风雨同舟，相夫教子。子仪心中虽有愧对，然有圣上眷顾：“天宝中，汾阳分镇河中，策勋王府，夫人从夫之义，封琅琊县君，寻又进封太原郡君。”（《汾阳王妻霍国夫人王氏神道碑》）一家人也乐得顺其自然。若无安史之乱，老骥仍将伏枥……

子夫诗云：山径迷离步云楼，聆听深渊水潺流。它年了却君王事，许你岁月去悠悠。

> 李光弼。（《旧唐书》卷一百十，李光弼等传）：“李光弼，营州柳城人，其先，契丹之酋长。父楷洛，开元初左羽林将军同正朔方节度副使，封蓟国公，以骁果闻。光弼幼持节行，善骑射，能读班氏汉书。少从戎，严毅有大略，起家左卫郎。丁父忧，终丧不入妻室。”

胡人，在唐朝是泛指北方游牧民族的，就连皇帝李家也带有胡人的血统①。所以，安史之乱过程中，朝廷的军队中不仅

① 胡人血统，唐开国皇帝李渊的母亲是北周八柱国之一的独孤信的二女儿，而独孤信是鲜卑人。

有汉蕃联军，更是有许多能征惯战的带有胡人血统的将领，李光弼就是其中之一。这也说明了大唐朝文化的开放性。

一、修学好古，少年得志

李光弼出生的年代（公元 708 年）是唐中宗景龙二年。李光弼的父亲李楷洛，原为契丹酋长，武周时归降，累官至朔方（今宁夏吴忠市）节度副使，以骁勇善战著称，封蓟国公，谥忠烈。李光弼六岁那年，已是唐玄宗开元二年（公元 714 年），李唐复国的政治斗争终于尘埃落定，开元盛世翻开篇章。此时的蓟国公李楷洛，作为前朝武后时期的遗老，面对新朝盛世，后继能否光宗耀祖，继其勋业，非常用心。《临淮武穆王李公神道碑铭》① 记载："公年六岁，尝抚鹿而游，蓟公视而诲之曰：'儿勿更尔。'公振手而起，遂绝不为童戏。未冠，以将门子工於骑射，能读《左氏春秋》，兼修太史公、班固之学。"用白话来说，李光弼小时候贪玩，六岁那年，有一天在府内园林追逐家里养的梅花鹿，想骑着它游玩，恰巧父亲碰上，言责他玩物丧志，今后要改过，李光弼颤抖着手站立，从此不再游戏，至成年前只做两件事：习武骑射；修学好古。不仅如此，李光弼的母亲有慈有威，对他的成长过程要求更是严格，即使尔后他官至极品，有过错仍得跪听母亲斥

① 《临淮武穆王李公神道碑铭》，唐代宗吏部尚书颜真卿撰文。

责，下气怡声，承顺承诺。就是在这样严谨的家教环境里，逐渐形成了李光弼少年老成、不苟言笑、严肃认真、心思缜密、果敢刚毅的性格，将由班固，谋定而动，决定了他一生的命运。

俗话说，朝里有人好做官。由于蓟国公的背景和荫护，加之李光弼少年英武、智勇双全、“有大略”，唐开元中期，李光弼及冠从军，开始出道，起步就担任了府卫禁军的郎将，负责皇宫宿卫，官从四品。有意思的是，他与郭子仪的起点都在禁军，而担当差异，明显官大一级，少年得志。

二、贵人相助，影响一生

开元盛世，天下太平。李光弼虽然平步青云，若无天助，仕途或许波澜不惊。此时有一贵人出现，对李光弼一生都产生了重大影响，他就是玄宗皇上的养子，大唐名将：王忠嗣。

王忠嗣原名王训，其父在唐玄宗开元二年（公元714年）征讨吐蕃的战争中捐躯，不到十岁的他成了孤儿，被玄宗皇上收养，改名“忠嗣”，意为忠臣之后。与此同时，在玄宗皇上的呵护下，他茁壮成长，遂成为擅长战略谋划的领军将才。当时玄宗皇上对他期以厚望：“此子尔后必为良将。”

唐玄宗天宝五年（公元746年）二月，玄宗皇上下诏任命河西（今甘肃武威市）及陇右（今青海乐都县）战区节度使王忠嗣，再兼任朔方、河东（今山西太原市）战区节度使，手握四大战区的兵权，拥兵二十余万①。也就在此时，李光弼归到了他的麾下，并随之参加了与吐蕃在青海、积石山的会战，屡立战功。王忠嗣非常赏识他的军事才能，对他很是器重，即使老将都没人比得上。王忠嗣曾经说："今后得到我的军队的人是李光弼。"经王忠嗣多次提携，唐玄宗天宝六年（公元747年）十月，又提升李光弼为河西兵马使、充赤水军使，总兵权，任甚重，与哥舒翰一道成为王忠嗣的爱将，左膀右臂。

然而，在唐玄宗天宝六年（公元747年）十月，发生了一件奸相作祟、愚弄圣上的"石堡城事件"，玄宗皇上也误认为王忠嗣是"抗上违命，见死不救，大逆不道"，欲杀之解恨。事件的原委是：宰相李林甫忌惮王忠嗣兵权在握，且功勋和声望日渐高涨，又是太子党的人，有朝一日擢升宰相，岂有自己的好果子吃？"凡才望功业出己右及为上所厚、势位将逼己者，必百计去之。"（《资治通鉴》卷二百一十五）于是，李林甫在骊山温泉奏请玄宗皇上，让王忠嗣继青海、积石山会战之胜，穷追猛打，夺回原属于大唐领地的吐蕃重镇石堡城（今青海西宁西南），借机消耗他的实力，玄宗皇上准奏。可是王忠嗣上疏反对，说该城居险难攻，吐蕃举国之力守之，强攻非数万将士战死，所失大于所得，不如厉兵秣马，有机可乘时再图之。这时朝上有立功心切的蛮将董延光请命，玄宗皇上

① 拥兵二十余万，唐军制规定，重镇节度使，管兵64700人、马4300匹。

又下令让王忠嗣出兵接应，配合作战，王忠嗣却又一次违拗抗旨，玄宗皇上大怒，李林甫趁机火上浇油，经三堂会审，欲处以极刑，经哥舒翰磕得头破血流地向皇上求饶，王忠嗣被贬，郁郁而终。

此事件，对李光弼打击很大，影响也很大。

三、拙于谋己，命运弄人

李光弼是“石堡城事件”的亲历者。当时李光弼进劝老领导，最好不要违背圣意，以免责罚。王忠嗣答曰：“今以数万之众争一城，得之未足以制敌，不得亦无害於国，故忠嗣不欲为之。忠嗣今受责天子，不过以金吾、羽林一将归宿卫，其次不过黔中上佐；忠嗣岂以数万人之命易一官乎！”（《资治通鉴》卷二百一十五）李光弼感慨而言：“今大夫能行古人之事，非光弼所及也。”（《资治通鉴》卷二百一十五）后来史学家评论李光弼是“工于料人而拙于谋己”，其人格缺陷就是源于王忠嗣的影响。

“石堡城事件”后，李光弼领军大破吐蕃、吐谷浑，官至朔方节度使左兵马使，与右兵马使郭子仪，同在朔方节度使安思顺的帐下，时年四十六岁，小郭子仪十一岁。这一年是唐玄宗天宝十三年（公元 754 年），安史之乱的前夜，双星於辰，齐悬朔方。然而，军旅生涯正旺的李光弼，突然托病不干了，玩了一年多的失踪，什么原因，史书均无记载，倒是有以下几件事可窥一斑：

其一是不满安思顺。唐玄宗天宝十一年（公元 752 年）三月，朔方军副使蕃将阿布思因故叛归漠北，这使得遥领朔方节度使的李林甫脸上无光，遂自请解其遥领，并推荐安思顺接任。而李林甫正是构陷恩师王忠嗣的祸首，又是朝野闹得沸沸扬扬的欲谋反的安禄山的后台，再则安思顺与安禄山是非血缘的堂兄弟，李光弼有心结，与之保持距离。

其二是不安郭子仪。自己虽然与郭子仪分为左右兵马使，但在等级制度上唐尊左，可是实际上军心和实权都在郭子仪那边。郭子仪是坐地户，而安思顺和自己原来都是河西战区的，先后调来不久，且郭子仪在军令上维护安思顺的权威，令行禁止，李光弼又添心结，与之不相往来。史书上说两人有隙，同桌吃饭互相不理，常无言对视。

其三是不愿一桩婚事。安思顺与李光弼都曾在王忠嗣手下供职，安思顺非常了解他的才能，也看好他的将来，得知他丧妻不久，就一心想把自己的女儿许配给他，李光弼称病婉拒，辞官回京。

西平王哥舒翰听说此事后，奏归京师，向圣上说，李光弼丧父丁忧期间①，不入妻室，忠孝守制，极力想把李光弼收到

① 丁忧，唐朝廷官员在位期间，若遇父母去世，必须辞官回祖籍为父母守制三年。

帐下，而李光弼却在京城常乐里府邸，守道屏居，杜绝人事。

命运也真是作弄人，就在次年，唐玄宗天宝十四年（公元755年），安禄山造反，玄宗皇上疑安思顺与安禄山的关系，将其调回京城任职，起用郭子仪代之朔方节度使。当时如果李光弼没有玩失踪，历史也可能改写……

子夫诗云：哥舒千年夜带刀，忠嗣魂归大唐遥。一将成名枯万骨，史书从来不了了。

第二章 双枭於夜，背道而驰

安禄山（《旧唐书》卷二百上，安禄山等传）：“安禄山，营州柳城杂种胡人也。……解六蕃语，为互市牙郎。二十年，张守珪为幽州节度，禄山盗羊事觉，守珪剥坐，欲棒杀之，大呼曰，大夫不欲灭两蕃耶，何为打杀禄山。守珪见其肥白，壮其言而释之。令与乡人史思明同捉生，行必剋获，拔为偏将。”

唐开元初期，玄宗皇上“骊山讲武”以来，即开始大举对外征讨，以期恢复唐贞观、永徽期间①威名远播之国运气势。当时，用兵的主要方向，一是东北部的征讨奚、契丹；二是西北部的征讨突厥、吐蕃。因此，东北部的平卢（今辽宁朝阳市）战区、范阳（今北京市）战区、河东（今山西太原市）战区和西北部的安西（今新疆库车县）战区、河西（今

① 永徽期间，是指公元650年正月至655年十二月，唐高宗李治一段盛世，又称“永徽之治”，有接“贞观之治”意。

甘肃河西走廊地区）战区、朔方（今宁夏吴忠市）战区，就成为大唐重要的军事控制区，谁主沉浮，至关天下安危。

一、因祸得福，三十而立

安禄山出生的年代（公元 703 年），是唐则天后长安三年。父亲是粟特人，善经商。母亲是突厥巫师，擅撞骗。由于父亲早逝，他随母亲改嫁突厥将军安延偃，从此改姓“安”，故为杂胡。

唐玄宗开元二十年（公元 732 年），接近而立之年的他在互市做了十几年的掮客，也就是买卖中介，坑蒙拐骗，一事无成。于是他动起了歪心思，晚上偷羊，白天则通过他的客户群销赃。结果有一天东窗事发，被官军逮个正着，五花大绑地上了节度使张守珪的公堂，一顿大刑伺候，他招了，张守珪下令：棒杀！这时他一个激灵，拿出在互市上一言不合就大打出手的杂胡的“蛮”劲，拼死大呼道：“大人不是想消灭奚人和契丹人吗！为何要棒杀我这个壮士?”张守珪听他丹气十足，见他肥白硕壮，倒也有几分胆量，于是说：“好，那就试试，你与你的同乡哥们儿史思明一道，先抓几个回来让我看看!”遂命他和史思明为营中“捉生将”①。这可难不倒安禄山，常年在互市上打交道的奚人、契丹人多了去了，小菜一碟嘛！于

① 捉生将，唐朝低级官名，即捉俘虏的。

是，他和同年出生的发小史思明，凭着多年在境内外轻车熟路、客户众多的实践，先骗几个过境，套点那面的情报，然后胡乱安个罪名交差。一来二去，哥俩儿总能手到擒来，不辱使命，一时名声大噪。张守珪认为没有看错安禄山，收其为养子，拔其为偏将，领兵三千。

唐玄宗开元二十四年（公元 736 年）年初，安禄山因骁勇善战，屡立战功，经张守珪推荐，朝廷擢升其为平卢讨击使、左骁卫将军，官从三品，时年三十三岁。此年龄段的郭子仪官从五品，李光弼官从四品。可见安禄山“因祸得福”一斑。

二、故技重演，祸福相依

老子曰：祸兮福之所依，福兮祸之所伏。安禄山手捧圣旨还没有焐热，又自讨杀身之祸。

唐玄宗开元二十四年（公元 736 年）三月，张守珪命安禄山征讨奚、契丹，得意忘形的安禄山，不听部将劝阻，恃勇轻进，犯兵家大忌，结果大败逃回，张守珪在行营大怒，奏请杀之。行刑前，安禄山又故技重演，疾声大呼：“大夫不欲灭奚、契丹邪，奈何杀禄山！”（《资治通鉴》卷二百一十四）张守珪心软了，念其这些年从未打过败仗，且骁勇之名朝野皆知，敌闻之丧胆，知名度很高，就留了个心眼，想了条退路，将其押解至京师，让朝廷定夺。

四月，左相张九龄在尚书省审阅了张守珪的奏章，又在刑部大牢审视了安禄山，在奏疏上填写了批评张守珪的意见：“昔穰苴诛庄贾，孙武斩宫嫔，守珪令若行，禄山不宜免死。”（《资治通鉴》卷二百一十四）意思是说，昔日齐景公让司马穰苴为将，穰苴请派宠臣为监军，齐景公就派庄贾前往，结果他迟到了，穰苴认为他坏了规矩，杀了他；吴王让孙武训练宫中的女妃，左右领队在操练时捧腹大笑，孙武认为坏了规矩，杀了她俩；你张守珪本来可以依军令在帐前就杀了他，却推卸到朝廷处置，不宜免死！而玄宗皇上却因怜惜安禄山昔日之功劳，是个难得的戍边将才，加之右相李林甫“边将用胡人御胡人”的提议，就下旨赦免安禄山的死罪，让他以“白衣将领”① 之身戴罪立功。左相张九龄闻知劝奏：“禄山失律丧师，於法不可不诛。且臣观其貌有反相，不杀必为后患。”（《资治通鉴》卷二百一十四）玄宗皇上仍然坚持特赦。

左相张九龄，阅人无数，为首个预言安禄山必反的大臣，十九年后果然应验。

安禄山又躲过了一劫。但是此“一劫非彼一劫”，善揣人情的安禄山，此刻非但不惧，且心中窃喜，因为得到了圣上的关注，焉知非福？不仅如此，安禄山也由两次“劫难”悟出了一个道理：有靠山还得在朝中。

① 白衣，唐朝指受处分的官员身份。

三、极尽所能，得陇望蜀

在什么地方跌倒，在什么地方爬起来。“白衣将领”安禄山也是拼了，不畏耻笑，奋勇杀敌，一往无前，屡获军功，东山再起。

唐玄宗天宝元年（公元 742 年）春，玄宗皇上在兴庆宫勤政务本楼，向天下宣布改年号为“天宝”，同时调整战区布局，分平卢为节度，共设立十个节度、经略使，以备边关。安禄山首当其冲，被任命为新设置的平卢节度使（今辽宁省朝阳市），统兵三万七千五百人，成为封疆大吏。然而，安禄山并不满足现状，他需要更多的利益，骨子里的商人基因驱使着他：趋利、趋利，还是趋利，趋利得赶早。归纳起来，至唐玄宗天宝十四年（公元 755 年）前的十三年里，他为了难填的欲壑，主要采用了以下三个方法：

一是承欢帝心。“长安九城路，戚里五侯家。结束趋平乐，联翩抵狭斜。高楼临远水，复道出繁华。唯见相如宅，蓬门度岁华。”开元年间的诗人、左相张九龄呼之为小友的皇甫冉的这首《长安路》，让唐玄宗天宝二年（公元 743 年）正月首次奉诏入朝觐见的安禄山激动不已，长安的繁华岂是营州所比？心潮澎湃，我必荣之。面圣时他编了个故事说：去年营州闹蝗灾，我焚香祈祷，向上天许愿，臣若事君不忠，就让蝗虫把臣的心也吃掉，臣若忠心，就请灭了蝗虫，结果应验，群鸟北来，尽吃蝗虫，请陛下宣史官赶紧记下，载入史册。玄宗皇上大喜，“上宠待甚厚，谒见无时。”（《资治通鉴》卷二百一十五）而后安禄山多次奉诏入朝，在玄宗皇上面前使尽浑身解数地表现：朝堂跳胡旋舞，与杨贵妃的哥哥姐姐结拜，认杨贵妃为干妈等，尽讨皇上欢喜。

二是贿赂朝中。唐玄宗开元二十七年（公元 739 年）秋季，被贬官的张守珪在赴任括州（今浙江温州市）的途中病死，玄宗皇上又想到了安禄山，不久就派御史中丞张利贞为河北采访使（监察特使），考察安禄山。“至平卢，禄山曲事利贞，乃至左右皆由赂。利贞入奏，盛称禄山之美。八月以禄山为营州都督，充平卢军使，两蕃、渤海、黑水四府经略使。”（《资治通鉴》卷二百一十四）“白衣”翻身，东山再起。唐玄宗天宝十四年（公元 755 年）春，玄宗皇上始终还是不相信安禄山会反，决定派宦官辅璆琳以送水果的名义前往范阳，再次考察安禄山。结果辅璆琳被贿赂后，向圣上表明，安禄山忠心不贰，盛称其才能。不仅如此，“平卢兵马使安禄山，倾巧，善事人，人多誉之。上左右至平卢者，禄山皆厚赂之，由是上益以为贤。”（《资治通鉴》卷二百一十四）更有甚者，安禄山每年都要向朝廷献押战俘、杂畜、奇珍、异兽，通过常驻京师的亲信刘骆谷贿赂朝中大臣，运送车辆不绝于路，沿途县郡皆疲于传递护送，无敢怨言。

三是装傻装憨。如果说安禄山“承欢帝心”用的是谋略，“贿赂朝中”用的是手段，那么“装傻装憨”就是用心计了。举三个案例：

其一，唐玄宗天宝三年（公元744年）三月，玄宗皇上加封安禄山兼范阳节度使。安禄山离京赴任之时，玄宗皇上令宰相率群臣为之饯行。席间，安禄山故意先跪拜杨贵妃，皇上笑道：

“禄儿，礼数错了，天下岂有先拜母后拜父之礼？”

“父皇有所不知，禄儿是杂胡，为母亲生，后继为父，故向来拜母在先，习以为常，遂忘天朝礼仪，还望父皇恕罪！”

安禄山佯装恐慌，即刻跪拜玄宗皇上。玄宗皇上转向贵妃曰：“禄儿憨实，朕不怪罪。”

其二，唐玄宗天宝六年（公元747年）正月，玄宗皇上根据宰相李林甫的意见，加封范阳、平卢节度使安禄山兼任御史大夫。春节前，安禄山以谢恩述职和给玄宗皇上春节献礼为由，在与东宫相邻的武德殿觐见，皇上很感动。此时，太子李亨、宰相李林甫、宦官高力士就在皇上左右，皇上就命安禄山与之相见。安禄山虽未与太子谋过面，但心里门清，朝中但凡与太子亲近之臣皆为李林甫打压。于是装傻，并未上前行礼。高力士素来亲近太子，见此状喝道：

“安将军见了殿下为何不拜！”

“陛下，殿下是什么意思？臣只闻陛下。”

“安儿，殿下就是皇太子，朕百年之后将传位于他。”

“臣愚钝，不懂朝堂礼仪，心中只有皇上，真是罪该万死，还望太子殿下恕罪！”

安禄山这才向太子叩拜。玄宗皇上见他的傻样甚是可笑、可爱，以为仆诚，大加赞美，遂赐座，嘘寒问暖，关怀备至。

其三，唐玄宗天宝九年（公元 750 年）五月，玄宗皇上在勤政楼设宴款待进京述职的安禄山，百官列坐楼下，安禄山赐御座楼上东间，设金鸡帐榻。席间，玄宗皇上戏指着安禄山体肥肚鼓说：

“你这胡人的肚子里都安的什么东西啊？怎么这么大？”

“陛下请看，这里没有其他的东西，只有一颗忠心啊！”安禄山欠身拍着肚子说。

玄宗皇上高兴地哈哈大笑，赐爵安禄山东平郡王，开大唐立国以来皇族外授赐爵位的先例，“唐将帅封王自此始。”（《资治通鉴》卷二百一十六）加封为御史大夫，八月又加封其兼河北道采访处置使。

唐玄宗天宝十年（公元 751 年）春，“上命有司为安禄山治第於亲仁坊，敕令但穷壮丽，不限财力。”（《资治通鉴》卷二百一十六）二月，得陇望蜀，安禄山极尽所能，开始向玄宗皇上伸手要官，求兼河东节度使，玄宗皇上准其要求。至此，安禄山身兼平卢（驻辽阳）、范阳（驻北京）、河东（驻太原）三镇节度使，统领十八万四千兵马，控制唐朝五分之一国土，尾大不掉。

安禄山自担任范阳（今北京市）节度使，十年间数度入朝觐见，每次沿途都侦察前行，眼见朝廷武备松弛，玄宗皇上宠妃懒政，宰相弄权争斗，官爵买卖习常，体制腐败难收，所以心想天下可计，遂暗自储备实力，司马昭之心渐显。

子夫诗云：胡旋舞靡教坊闹，渔阳鞞鼓欲破晓。自古百姓冀明君，无奈大唐风雨摇。

史思明（《旧唐书》卷二百上，安禄山等传）：“史思明，本名窣干，营州宁夷州突厥杂种胡人也。姿瘦，少须发，鸢肩伛背，嵚目侧鼻，性急躁，与安禄山同乡里，……初事特进乌知义，每令骑觇贼，必生擒以归。”

安史之乱八年，以史思明乱久。史思明史称悍胡，其才能远在安禄山之上。《剑桥中国隋唐史》：“史思明任叛军领袖后证明是一位杰出的将领，如果不是他的儿子史朝义在 761 年春通过与人合谋将他杀害，他很可能推翻唐朝①。”

一、心怀鬼胎，狡诈出道

史思明出生的年代（公元 703 年），是唐则天后长安三

① 《剑桥中国隋唐史》，费正清、崔瑞德著。

年，与安禄山同年，先其一日生。“思明除日生，禄山岁日生，及长相善，俱以骁勇闻。”（《旧唐书》卷二百上，安禄山等传）

史思明少年时和安禄山同为互市掮客，其貌不扬，懂六种蕃语，后同为幽州节度使张守珪帐前捉生将。问题是，史书上有一个情节没有交代，那就是安禄山当年偷羊被抓，张守珪要棒杀他，可是没有史思明一同犯事的交代，反而是张守珪赦免安禄山时“令与乡人史思明同捉生”（《旧唐书》卷二百上，安禄山等传）。以这哥俩儿好得穿一条裤子的发小情节，以及同在互市欺行霸市、有福同享的行径，史思明不可能不参与偷羊的产业链勾结。唯一可以假设的是，东窗事发时，生性狡诈的史思明把责任推到了“长相善”的安禄山头上。

（《新唐书卷》二百二十五上，逆臣传）记载，唐玄宗开元二十四年（公元736年），史思明因“负官钱无以偿，将走奚未至，为逻骑所困，欲杀之”。此时他随机应变，临危不惧，装出一本正经样子说：

“我是大唐派来与奚王和亲的使者，你们杀了我，惹下大祸将会影响你们的民族。”

奚王看他一副气度非凡的派头，还真把他当作大唐派来的使者，好生招待。由于奚王畏惧唐王朝的势力，决定派数百人跟随他去朝拜大唐皇帝。史思明傲慢地对奚王说：

“你派去的人虽然不少，但我看多是浅薄之徒，这样的人怎能去见大唐皇帝呢？我来时就听说你手下有一位勇武的琐高将军，何不让他去呢？”

奚王不敢违抗，便让琐高和他手下跟随这位冒牌的大唐使者前往大唐，快走到平卢地界时，史思明欺骗平卢守将裴休子说：

“奚王派琐高和精锐将士一起来了，他们嘴上说是去朝拜天子，实际是来偷袭平卢，你应该做好埋伏，出其不意先干掉他们。”

裴休子信以为真，在奚人进入平卢毫无防备的情况下，将琐高手下净杀，只把琐高押送到幽州节度使张守珪那里。张守珪见奚人最高将领琐高被捉来了，异常高兴，认为史思明给唐朝立下了大功，遂即给朝廷上奏，表其奇功。史思明从此官运亨通。后来他与唐玄宗谈及此事，越发得到赏识，唐玄宗便赐给他一个汉名：史思明（原名干）。

二、爱屋及乌，卿贵在后

唐玄宗天宝元年（公元 742 年）春，安禄山担任平卢节度使后，尽享荣华，大腹便便，体重三百，再无马上征战之勇，“禄山充肥，腹垂过膝，尝自称腹，重三百斤。”（《资治通鉴》卷二百一十五）所以，而后对边夷的历次征战，实则靠史思明领军，冲锋陷阵，战功显赫。故安禄山没有忘记有福同享，积极推荐史思明，“天宝初，频立战功，至将军、知平卢军事”（《旧唐书卷》二百上，安禄山等传），成为安禄山帐下的领军大将。不久，史思明奉安禄山之命，押解大批战俘和战利品入朝请功，玄宗皇上爱屋及乌，亲自接见，并赐座与之亲切交谈，对他的军事才能大为称赞，且甚奇之于他，“问其年，曰四十矣。玄宗抚其背曰，卿贵在后，勉之。”（《旧唐书》卷二百上，安禄山等传）那意思是说：你好好干，日后一定会显贵的。不久，史思明又多次立下战功，唐玄宗下诏，擢升史思明为大将军、范阳太守。

唐玄宗天宝十年（公元 751 年）秋，安禄山率范阳、平卢、河东三个战区六万余人征讨契丹部落，由奚人部落两千人为先导，结果奚人部落军队阵前叛变，与契丹部落联合，向安禄山的远征军前后夹击，唐军大败，几乎全军覆灭，安禄山也险些中箭，自己抛下大军，单骑逃往师州（今北京市房山区）。史思明这时已率残部逃往附近的山谷，躲藏二十天之久后，又纠集残兵散卒七百余人，与平卢基地派来的两千援兵前往救助安禄山。安禄山见到史思明一跳而起，大喜道：“有了你，我还愁什么！”遂命其统兵再战，包围师州的契丹部落军队，结果大胜。经过安禄山奏请皇上，唐玄宗又提拔史思明为平卢都知兵马使。安史之乱之前，安禄山身边大将高邈，劝其罗致人才，尤其推荐在京赋闲的李光弼：可为左司马，将来好堪当大任。安禄山没有同意，说：“史思明可当之。”可见史思明在安禄山心中的分量。

安史之乱的八年中，史思明是祸首时间最长的、与唐军殊死战斗最烈的、欺君罔上最多的悍将。唐肃宗乾元二年（公元759年）四月，燕帝顺天元年，史思明在范阳（今北京市）登基，自称应天皇帝，国号：大燕。原来“卿贵在后”，在这里等着呢……

子夫诗云：赐座尊享伴明皇，贵晚不惑尚彷徨。夜枭同赴不归路①，樱桃秋杀半赤黄②。

---

① 夜枭同赴不归路，安禄山和史思明，先后都是被自己的儿子“弑君”而死。

② 樱桃秋杀半赤黄，史思明打到东都洛阳，正赶上樱桃熟了，让亲信给远方的儿子怀玉和老师周至送些去，并赋诗一首：樱桃一笼子，半赤半已黄。一半与怀玉，一半与周至。

第三章　双相於朝，擅权祸国

李林甫（《资治通鉴》卷二百一十六）：“上晚年自持承平，以为天下无复可忧，遂深居禁中，专以声色自娱，悉委政事於林甫。林甫媚事左右，迎合上意，以固其宠；杜绝言路，掩蔽聪明，以成其奸；妒贤嫉能，排抑胜己，以保其位；屡起大狱，诛逐贵臣，以张其势。自皇太子以下，畏之侧足。凡在相位十九年，养成天下之乱，而上不之寤也。”

唐玄宗开元二十年（公元732年），皇上李隆基已至知天命之年，悦图安逸，喜于燕儿，幻至神仙，锐气始衰；亲小人而远君子，弛戒律而懒理政；外任口蜜腹剑的奸相李林甫，内用乖巧遮天的宦官高力士。开元盛世的气数将尽。

一、项庄舞剑，诛逐贵臣

唐玄宗天宝五年（公元746年）以来，李林甫既得志，善专权，自恃其能，媚事左右，迎合圣意，利用玄宗皇上对他的恩宠和依赖，妒贤嫉能，排除异己，残害忠良，尤其是以“太子党”为由，欺蒙皇上，逐一诛之。朝中大臣，庸者保身，贤者吞声，遂开启天宝年间朝中乱象，奸臣当道，一手遮天，内外侧目。

一是皇甫惟明和韦坚。太子李亨没有册立之前，还是忠王时，皇甫惟明就担当过他的咨询官，与太子亲密无间。唐玄宗天宝五年（公元746年）正月，陇右节度使皇甫惟明，攻破吐蕃王国的首都逻些城（今西藏拉萨市），回京献俘奏捷，玄宗皇上又加封皇甫惟明兼任河西节度使。面圣时，因不满李林甫专权，建议将其罢免，认为刑部尚书韦坚有宰相之才，向圣上推荐。而刑部尚书韦坚，又是太子的大舅哥，与太子的关系自然不一般，正儿八经的皇亲国戚。

起初，立太子李亨时，李林甫打心眼里不同意，“林甫恐异日为己祸，常有动摇东宫之志。”（《资治通鉴》卷二百一十五）什么原因呢？原来在唐玄宗开元二十五年（公元737年），武惠妃勾结李林甫构陷太子李瑛、鄂王李瑶和光王李琚谋反，唐玄宗李隆基大怒，一日诛杀三子，悲剧史无前例，也后无来者。而后，李林甫数次劝皇上立寿王李瑁，而皇上却犹豫是否立忠王李亨，相继一年多的时间，玄宗皇上因“继嗣未定，常忽忽不乐，寝膳为之减”（《资治通鉴》卷二百一十四）。高力士不忍，于是明知故问：

“大家①，所为何事如此不快？”

① “大家”，宦官高力士专属对皇帝李隆基的称谓。

“你这个我家的老奴，岂能不揣摩我的心意！”

“那是不是为了立太子之事？”

“唉，是啊！”

“大家，不必如此劳心，但推长而立，看还有谁复争！”

剩下的皇子中李亨为大，继嗣之事就此尘埃落定。所以，李林甫惶惶不安，担心有朝一日，李亨登基，“恐异日为己祸”，故派御史中丞杨慎矜，秘密监视皇甫惟明和韦坚的动向，伺机铲之。

说来也巧，此次皇甫惟明进京面圣奏捷，又逢恩宠加封兼任河西节度使，春风得意。正月十六既望，太子李亨出游，与韦坚和皇甫惟明相会于景龙观道士之室。御史杨慎矜受李林甫的指使上疏，指控韦坚是皇亲国戚，不应与边将皇甫惟明狎昵，交往过甚。于是李林甫借此大做文章，奏请皇上，说韦坚身为外戚，这是明显结谋，欲拥立太子，弹劾韦坚与皇甫惟明秘密结盟。玄宗皇上大怒，下令韦坚、皇甫惟明被捕下狱。李林甫就派亲信御史中丞杨慎矜、副御史中丞王鉷和京兆尹法曹酷吏吉温①，联合酷刑审讯。

正月二十一日，玄宗皇上下诏，贬官二人，并训诫文武百官，“别想动我的奶酪，皇亲国戚也不行！”

二是李适之和王忠嗣。李适之，唐朝宗室，曾任御使大夫、幽州节度使、刑部尚书。唐玄宗天宝元年（公元742年）出将拜相，左相兼兵部尚书。他与李林甫争权不协，却与名臣韦坚交好，李林甫恨之入骨，欲去之为快。有一次李林甫假惺

① 吉温，唐天宝年间有名的酷吏，性阴诡，果于事，为权相李林甫心腹。

惺地对李适之卖个人情，说有人告诉他华山有金矿，咱们是本家，你又是左相，如果你向皇上提出开采，定能增加国家财力。李适之性情豁达，信以为真，就上奏玄宗皇上，皇上征求李林甫的意见，李林甫大惊，说是使不得，华山乃陛下龙脉，王气所在，我早就知道此事，所以一直没有上奏。玄宗皇上气得当面训斥李适之，让他以后奏事要先跟李林甫商量。李适之因此事失宠，后来又眼见好友皇甫惟明、韦坚等相继被李林甫诬陷构罪，“适之惧不自安，求为散职。五载，罢知政事，守太子少保。遽命亲故欢会，赋诗曰：‘避贤初罢相，乐圣且衔杯。为问门前客，今朝几个来？’”（《旧唐书》卷九十九，崔日用等传）后仰药自杀。

王忠嗣是李隆基的养子，身兼河西、陇右、朔方、河西节度使，是拱卫长安西北和正北的边关大将军，战功显赫，威名远播，忠勇可嘉，因“石堡城事件”惹恼圣上。李林甫早就惧其权重，根据唐朝官制，“自唐兴以来，边帅皆用忠厚名臣，不久任，不遥领，不兼统，功名著者往往入朝为相。”（《资治通鉴》卷二百一十六）因此，李林甫认为，王忠嗣届时定危及自己的相位，故必伺机除之。“石堡城事件”恰好给了李林甫契机，他遂命济阳郡府别驾①魏林出面上书举报，“‘忠嗣尝自言我幼养宫中，与忠王相爱狎’，欲拥兵以尊奉太子。”（《资治通鉴》卷二百一十五）于是唐玄宗天宝六年（公元747年）十一月，玄宗皇上召王忠嗣朝见，随即命三

① 别驾，官名，同级别地位较高，外出另乘车。

司①会审，最后贬官汉阳郡，王忠嗣郁郁而终。

唐玄宗天宝五年至天宝六年（公元746—747年），仅仅两年左右，玄宗皇上举行中朝朝会的宣政殿，四根顶梁柱轰然倒塌，风雨欲来……

二、固权保位，养虎遗患

李林甫“养虎遗患”始于唐玄宗天宝六年（公元747年）。按照唐出将入相的官制，开元中（公元713—741年），薛纳、郭元振、张嘉贞、王晙、张说、萧嵩、杜暹、李适之等，皆以外镇都护使入朝为相。李林甫惧其夺之相位，乃进言玄宗皇上起用胡人为将，“李林甫欲杜边帅入相之路，以胡人不知书，乃奏言‘文臣为将，怯当矢石，不若用寒畯胡人；胡人则勇决习战，寒族则孤立无党，陛下诚以恩洽其心，彼必能为朝廷尽死。’上悦其言，始用安禄山。”（《资治通鉴》卷二百一十六）风雨欲来，养虎遗患，始乱开启。

李林甫“性沉密，城府深阻，未尝以爱憎见于容色”（《旧唐书》卷一百六，李林甫传）。虽然为虎作伥，但也要防养虎自啮。他对安禄山的策略是恩威并重；安禄山对他是敬畏有加。举两个案例：

其一，安禄山每次进京面圣，李林甫总要先将其邀到府上一聚，相谈甚欢时，李林甫总会不经意地冷言几句，让安禄山

① 三司，御史台、刑部、大理寺。

摸不着头脑，坐立不是，本来就肥胖的他直冒虚汗。这时李林甫又会抚以温言，关怀至之。有一次盛冬时节会谈，李林甫又寥寥数语暗示着安禄山心中的秘密，安禄山如坐针毡，冒汗沾衣，李林甫就装着很自然的样子，边抚慰边解下披袍，给安禄山覆上。这件事让安禄山始终不能释怀，不知是温暖如春，还是寒冬将至。所以心想，满朝文武大臣，没有一个放在眼里，唯独李林甫是自己的克星，甘拜下风。

其二，唐玄宗天宝六年（公元 747 年）正月，玄宗皇上根据李林甫的提议，加封安禄山为范阳、平卢节度使兼御使大夫。安禄山十分感激李林甫，但“覆袍”之意又难以释怀，所以就安排亲信将领刘骆谷在长安，一是探听朝中动向，二是不断把礼物送至相府，并留意“十郎”① 有何动静。如果使还形容李林甫有赞许之意，安禄山则喜得开怀大笑；反之若带话“大夫好检校。则反手拒床曰，我且死”（《新唐书》卷二二五上，逆臣传）。意思是如果李林甫带话说，告诉安大夫，一定要好好检点自己的行为，安禄山就会反手按住床自言自语说，这回我死定了。所以年初，尽管王忠嗣曾向皇上奏请弹劾安禄山，言其有异谋，但有李林甫暗中保护，化险为夷。故安禄山既感恩戴德，又忌惮其威，不敢稍纵蓄谋已久之事。

螳螂扑蝉，黄雀在后。唐玄宗天宝十一年（公元 752 年）十一月，李林甫在与杨国忠的斗法过程中被算计，气数已尽，

① 十郎，李林甫在家排行第十，家人的昵称。

病入膏肓，且被玄宗皇上疏远，临终前深知自己久典中枢，尽罪于人，树敌颇多，不得好死，唯恐殃及家人，不知如何是好。此时家中巫师说，只要真龙天子看上一眼，可有回天之力。于是李林甫派儿子李岫带着九个弟弟进宫面圣，恳请玄宗皇上驾临府上。高力士则揣测，李林甫垂死挣扎，要谗毁太子李亨，所以劝皇上别去，免得传染，可让其在府中庭院，适时“大家”移驾太清宫降圣阁，遥相呼应，挥手别过即可，已尽君臣之义。“上登降圣阁遥望，以红巾召之。林甫不能拜，使人代拜。”（《资治通鉴》卷二百一十六）十一月十二日，李林甫撒手把持了十九年相位的权柄，后来死无葬身之地①。

子夫诗云：降圣阁下卧听宣，君臣挥手命已悬。哀哉秋风扫落叶，宰相何不早撑船。

杨国忠（《旧唐书》卷一百六，杨国忠传）：“国忠无学术，拘检，能饮酒，蒲博无行……本性疏躁，强力有口辩，佞得宰相，剖决几务，居之不疑。立朝之际，或攘袂扼腕，自公卿已下，皆颐指气使，无不訾惮。”

杨国忠本名杨钊，在野时饮酒赌博，不学无术，靠杨氏三

① 死无葬身之地，李林甫死后本该体面地按朝廷礼制下葬，可是入殓三个月尚未下葬，就被杨国忠等指控罪行，玄宗下诏开其棺，夺去赏赐的陪葬品，以庶人身份葬于乱石岗。

姐妹“杨贵妃、韩国夫人、虢国夫人”上位。玄宗皇上赐其名：国忠。唐玄宗天宝十一年（公元752年）十一月十七日，李林甫死后不几日，玄宗皇上擢升杨国忠为宰相，兼文部尚书，至唐玄宗天宝十四年（公元755年）十一月，安禄山敲响“讨杨清君侧”的渔阳鼙鼓①，短短的三年时间，政治赌徒杨国忠，赌上了大唐百年基业。

一、逼虎出笼，如虎傅翼

李林甫临死前的几年，杨国忠与之争权斗狠，朝野皆闻。起初，杨国忠为了向上爬，竭力讨好李林甫，而李林甫也因为他是皇亲国戚，尽力拉拢。这段狼狈为奸的哥俩儿好的政治蜜月期，目的就是不遗余力地共同对付太子李亨。比如，让酷吏吉温等在京师另设推院②，屡兴冤狱，株连太子党羽近百人。然而，政治上的博弈，没有永远的朋友和敌人，唯有利益。杨国忠与李林甫利益之争的里子是权势，面子是安禄山。

史书上记载，高力士、太子李亨、张九龄、韦坚、皇甫惟明、王忠嗣等都曾提醒过皇上，安禄山有“异志”，且都不是在朝堂上。而杨国忠却不同，“强力有口辩”，他是第一个多

① 鼙鼓，骑兵用的小鼓；语出白居易的《长恨歌》诗句：渔阳鼙鼓动地来，惊破霓裳羽衣曲。

② 推院，酷吏吉温秘密设置的有别于刑部和大理寺的刑讯地方。

次在朝堂上，当着君臣的面，警告安禄山要造反的。诚然，杨国忠有忧君之心，但更重要的是与李林甫斗、与安禄山斗方能固权保位的私心。他曾经好赌，所以招数也是万变不离其宗："赌"！通过"逼"的方式赌，看你安禄山有无谋反之心：

一是寻找外援，形成均势。唐玄宗天宝七年和八年（公元748—749年），在李林甫的愚弄下，玄宗皇上赐安禄山免死铁券，接着又赐封安禄山东平郡王。这光环让杨国忠倒吸一口凉气，必须平衡这一态势。于是他想到了哥舒翰，那个为了王忠嗣免死，给玄宗皇上磕破了头的悍将。首先，哥舒翰与安禄山都是胡人出生。其次，同行是冤家，相互都看不起对方。为此，玄宗皇上大为头疼，曾让高力士安排酒席调和他俩的矛盾。席间高力士劝安禄山先示好，于是安禄山举杯敬哥舒翰说：

"我的父亲是胡人，母亲是突厥人，兄长的父亲是突厥人，母亲是胡人，咱们是一个血统，哥俩好才对啊！"

哥舒翰也举杯顺着安禄山之意说："古人云，狐向窟嗥不祥，为其忘本故也。兄苟见亲，翰敢不尽心？"意思是说，狐狸向着自己出生的地方嗥叫，是不祥之兆，因为它忘本了，既然兄认为我们是有血亲的，我怎敢不尽心呢？

这话没有毛病，哥舒翰只是借用了突厥文化的典故，也释放出了善意。可是不读书的安禄山，以为这是在骂他"不祥狐"，勃然大怒："突厥狗日的，胆敢如此猖狂！"

这件事恰好被杨国忠利用，很快与哥舒翰结盟，劝说玄宗皇上重用哥舒翰，可以牵制安禄山。因为哥舒翰是在王忠嗣被李林甫诬陷后接替王忠嗣职务的，是朝廷西北戍边的名将，颇有声望，“北斗七星高，哥舒夜带刀。至今窥牧马，不敢过临洮。”① 所以，李林甫与安禄山交好，杨国忠就拉拢哥舒翰打压安禄山。于是唐天宝十二年（公元 753 年）七月，玄宗皇上加封哥舒翰兼任河西节度使，八月赐封为西平郡王，成为唐朝将帅第二个封王的，与东平郡王安禄山势均力敌。

二是寻找机会，欲证其罪。杨国忠得到线报，安禄山在俘虏中挑选了八千人训练成死士，号称“曳落河”，即敢死军团，而且大量储备战略物资，还秘密缝制三品以上官员穿的“紫袍”，于是派御史中丞吉温去范阳暗查。然而杨国忠不曾料想，吉温早就与安禄山结盟，京城任何与安禄山有关的举动，吉温都会派专人向安禄山报告。所以，吉温返回京城告诉杨国忠，有关安禄山的都是传言，不可相信。赌徒本性的杨国忠绝对坚信自己的赌注，安禄山必反，在朝堂上面奏玄宗皇上，说安禄山谋反路人皆知，陛下不信就诏安禄山入京，他必不敢来。此时的玄宗皇上虽然老迈，但也存疑，于是下诏，命安禄山入京述职。

唐玄宗天宝十三年（公元 754 年）正月四日，安禄山入朝述职，在骊山华清宫面圣时，痛哭流涕地说：“我本胡人，

① “北斗七星高”四句，《哥舒歌》，作者唐西鄙人。

蒙陛下恩泽，戍边卫国，方有今日显贵。杨国忠对我恨之入骨，如此陷害，臣死期不远矣！”玄宗皇上好言抚之，赏钱千万，允其要求：兼任御马总监；兼任全国牧马总管；给空白任命状，回去任意任命。不仅如此，玄宗皇上不忍干儿子安禄山受委屈，准备擢升他为宰相，诏书都命太常卿张垍拟好，杨国忠闻知倒吸凉气，当即面圣极力谏阻：“‘禄山虽有军功，目不知书，岂可为相！制书若下，恐四夷轻唐。’上乃止。乙巳，加禄山左仆射，赐一子三品、一子四品官。”（《资治通鉴》卷二百一十七）

安禄山此次进京是来接受“考验”的，他准备好的答题就两个字：示弱。所以，虽然他梦想宰相宝座，无奈被杨国忠搅黄，胸中怒火中烧，但却不能发泄，小不忍则乱大谋。

其三，亡羊补牢，隔空过招。杨国忠没有想到玄宗皇上如此信任安禄山，首次正面过招就败下阵来，而且自己还被安禄山玩弄于股掌，倒打一耙。尤其是玄宗皇上还下令，今后谁再敢言安禄山谋反，就把他绑起来交由安禄山处理。转眼间到了三月初一，安禄山此行已达到目的，特别是玄宗皇上批给他的空白委任状，算算指标回去可以自行任命五百多个将军，两千多个中郎将，一想就鼓舞士气，觉得见好就收，免得夜长梦多，杨国忠再在玄宗皇上面前嘀咕自己，圣上疑心再改主意，所以谎称边关有患，必须马上回去御敌，实为溜之大吉。大敌当前，玄宗皇上应允。安禄山叩辞玄宗皇上时，皇上还把御袍赏赐给他，令他惊喜，唯恐杨国忠加害，一路快马加鞭，又易马乘船，沿途不停，返回范阳。杨国忠眼见安禄山此行赚了个盆满钵满，溜之大吉，自己碰了个灰头土脸，愿赌不服，于是想方设法要捞回颜面，给自己找到翻本的本钱，结果机会来了：

押注本钱之一是哥舒翰。杨国忠认为，你安禄山能讨得空白任命书，哥舒翰也讨得。在杨国忠的游说下，哥舒翰也为其部将论功，玄宗敕以陇右十将、特进①等晋升了八位高级将领，如火拔州都督火拔归仁晋升为骠骑大将军，陇右讨击副使郭英乂晋升为左羽林将军等，相比安禄山更胜一筹。

押注本钱之二是张垍。安禄山返回范阳，玄宗皇上派高力士前去送行，回宫复命时玄宗皇上问："安禄山此行该满意了吧？"高力士答曰："恐怕封他宰相之职的诏书没有下，走的时候有些不高兴。"玄宗皇上遂即问杨国忠怎么会这样？杨国忠一看机会来了，你太常卿不是积极地为安禄山草拟宰相任命的诏书吗？于是故作疑态说："任命安禄山之事，只有张垍知道啊，会不会是他把秘密透露给安禄山了？"玄宗皇上震怒，自己的驸马竟是个吃里爬外的东西，一下子贬黜了张垍兄弟三人。

押注本钱之三是吉温。杨国忠本以为自己提携了吉温，应该是心腹，没有想到这次安禄山进京，竟然向玄宗皇上推荐吉温出任兵部侍郎，还兼任御马副总监。原来他早就与安禄山穿

① 十将、特进，唐朝官制，十将官从一品，特进官正二品。

一条裤子了，怪不得派他去调查安禄山之反，他回来矢口否认，还向圣上表明安禄山的忠心可嘉。所以杨国忠激烈反对吉温出任宰相，玄宗皇上也没有想到杨国忠态度如此强硬，于是作罢。后来吉温有把柄落在杨国忠手里，被贬到岭南瘴疠之地。

二、幸灾乐祸，国忠不国

唐玄宗天宝十四年（公元 755 年）二月，杨国忠与安禄山斗法仍在继续。此时，安禄山派副将何千年入京，请求圣上用三十二名蕃人将领替代汉人将领。杨国忠知道这招“以蕃易汉”是明目张胆的谋反信号，于是极力反对。没有想到的是，年已七旬的玄宗皇上竟然奏批同意，弄得杨国忠在皇上面前颜面尽失。其实新任宰相韦见素也有同感，于是他跟杨国忠说：“安禄山此举，谋反之心路人皆知。明天上朝我将上疏圣上，如果圣上不认可，希望你支持我！”杨国忠诚恳地答应。结果第二天早朝，玄宗皇上没等韦相把话说完，劈头盖脸地呵斥道：“卿等都在怀疑安禄山要谋反吗？”韦相此时也顾不了那么多，接过玄宗皇上的话直言不讳力谏：“圣上所言极是，臣等早就怀疑，他所要求以蕃将易汉将之奏请，圣上断然不可答应！”理直气壮地说完后，韦相面觑杨国忠，杨国忠一看圣上铁青一脸，就装聋作哑，心想目的已达，不必再去触霉头。

已七十岁的唐玄宗，应该是“从心所欲不逾矩”，也明白杨国忠、韦相的担心不是没有道理，可是此刻下不了台，安禄山的上疏已批，于是耍起了小孩子脾气，你们就是说破大天，“以蕃易汉”这事就这么定了。

杨国忠和韦相灰溜溜地退朝后，并不甘心如此。碰硬不行，杨国忠的谋士就给他建议：“欲取之，先予之，留他在朝担任宰相，出将入相，实则削其兵权而控制。”这一招确实管用。几天后杨国忠与韦相约好，面圣有要事相告：“他日，国忠、见素言於上曰：‘臣有策可坐消禄山之谋。今若除禄山平章事，召诣阙，以贾循为范阳节度使，吕知诲为平卢节度使，杨光翙为河东节度使，则势自分矣。’上从之。”（《资治通鉴》卷二百一十七）玄宗皇上写好了诏书，但是留而不发，此时心想，杨国忠与安禄山都是当事人，公说公有理，婆说婆有理，不如听听第三方的意见，于是安排宦官辅璆琳以珍果赐安禄山为由，暗中去调查，结果安禄山极尽贿赂，辅璆琳回京面圣，盛言安禄山忠国。玄宗皇上就召见杨国忠、韦相说：“我推心置腹地对待禄山，他必无异志。东北二虏还得靠他去镇住，朕可以担保他，你们以后就不要再忧虑重重了！”话虽然这样说了，唐玄宗毕竟是经历过大风大浪的，心里怎么可能不存疑？只是过于自信，不愿面对现实。

六月，朝廷每次派使节到范阳，安禄山都对其耀武扬威，傲慢无礼，“安禄山归至范阳，朝廷每遣使者至，皆称疾不出迎，盛陈武备，然后见之。裴士淹至范阳，二十余日乃得见，无复人臣礼。”（《资治通鉴》卷二百一十七）杨国忠认为这是无视圣上，谋反之心昭然若揭，一方面下令京兆尹出兵抄了安禄山在京城的府邸，逮捕了门客李超等人，另一方面又劝玄宗皇上以安禄山的儿子安庆绪与荣义郡主的婚期为由，再诏安禄山入京观礼，以期试探。这时的玄宗皇上疑心已然，遂下诏让安禄山入京，安禄山托病拒诏。

七月，安禄山欲派蕃将二十二人，马夫六千，献马三千给朝廷。河南尹达奚珣认为有诈，加之辅璆琳受贿败露，杨国忠再劝玄宗皇上派人征召安禄山进京。于是玄宗皇上又派宦官冯神威携御笔信前往，“神威至范阳宣旨，禄山踞床微起，亦不拜，曰：‘圣人安隐。’又曰：‘马不献亦可，十月灼然诣京师。’”（《资治通鉴》卷二百一十七）意思是“十月，我会大摇大摆到京师”！

十一月九日，安禄山在范阳起兵二十万，宣称：奉密旨勤王，讨伐杨国忠。“安史之乱”由此进入历史。

十一月十五日，玄宗皇上在骊山华清宫召众臣商讨应对之策，杨国忠“扬扬有德色”，笑曰：“我说安禄山必反，事实证明！”

物极必反，杨国忠不“国”，实为如虎傅翼。

子夫诗云：明皇爱屋又及乌，杨钊从来不读书。朝堂扼腕众臣惮，乐闻渔阳鼢鼙鼓。

第四章　双皇衿野，江山为大

唐玄宗（《旧唐书》卷九，玄宗纪）："史臣曰，……故禄山之徒，得行其伪。厉阶之作，匪降自天，谋之不臧，前功并弃。惜哉！赞曰，开元握图，永鉴前车。景气融朗，昏氛涤除。政才勤倦，妖集廷除。先民之言，靡不有初。"

唐玄宗天宝元年以来，朝廷设十个节度使，用兵主要在北方。由于边将久专兵权，势必形成尾大不掉，加之唐玄宗晚年沉溺于声色，享乐于安逸，朝政尽于奸臣，边关委于逆臣，良将所剩无几，必然陷国家于危难之中。所以，至安史发难，关中除朔方尚有重兵在握，几无兵将可用。

一、调兵遣将，积极应对

唐玄宗天宝十四年（公元 755 年）十一月九日，安禄山在范阳（今北京市）老巢起兵，号称二十万。渔阳鼙鼓，战马嘶鸣，旌旗猎猎，安史始乱。

安禄山原本的战略部署：

一是以献马为由，奇袭长安，实施斩首，中心突破；

二是以一路军马攻击前进，出大同，直捣朔方，从北迂回包抄长安；

三是以一路军马攻击前进，奔河南，直取东京（今河南洛阳市），从南迂回包抄长安；

四是以一路军马攻击前进，击井陉，直攻北京（今山西太原市），从中路切断西、北两京联系，控制河北，呼应首尾。

然而这一战略部署则因献马受阻，璆琳事泄，神威泣曰①，皇上警觉，安禄山谋反又箭在弦上，所以他硬着头皮，率军一字长蛇，浩浩荡荡，直杀东京，中原大乱。“禄山乘铁舆，步骑精锐，烟尘千里，鼓噪震地。时海内久承平，百姓累世不识兵革，猝闻范阳兵起，远近震骇。”（《资治通鉴》卷二百一十七）

唐玄宗天宝十四年（公元 755 年）十一月十日，安禄山的先遣将军何千年、高邈带着二十名弓箭手，声称前往长安给圣上献神射弓箭手，途经此地需要休息，骗太原副留守长官杨

① 神威泣曰，冯神威携诏书见安禄山，安禄山辱之，回京见皇上泣曰：“臣几不得见大家！”

光翙出门迎接，结果将其劫走，致使太原防区群龙无首，情势危急，遂报朝廷。十一月十五日，唐玄宗在骊山华清宫收到太原和东受降城（今内蒙古托克托城）十万火急的奏报，方确信不疑安禄山已反，立即召集全体宰相商议对策，右相杨国忠大喜过望，又误导玄宗皇上说："不怕，只不过是安禄山一人之举，众将士皆受蒙蔽，最多十天，就会将安禄山的人头献上。"

此刻的唐玄宗神情凝重，毕竟拥朝四十三年，一代英武，经历过风雨，亡羊补牢，调兵遣将，积极应对：

十一月十五日，派正二品官员毕思琛前往东京洛阳，左金吾将军程千里前往河东郡（今山西永济市），分别募兵十万，就地训练，以御叛军。

十一月十七日，任命前来觐见的安西（今新疆库车县）节度使封常清，为范阳（今北京市）、平卢（今辽宁朝阳市）节度使，前往东京洛阳招兵买马，据守第二道防线。

十一月二十一日，擢升朔方右兵马使郭子仪为朔方节度使；右羽林大将军王承业为北京（今山西太原市）尹；另设河南战区，任命卫尉卿张介然为节度使，驰守陈留（今河南开封市），据守第一道防线。

十一月二十二日，任命荣王李琬为元帅，右金吾大将军高仙芝为副元帅，率军东征。

十二月七日，唐玄宗下诏，七十岁的他要御驾亲征，"上下制欲亲征，其朔方、河西、陇右兵留守城堡之外，皆赴行营，令节度使自将之，期二十日毕集。……‘朕在位垂五十载，倦于忧勤，去秋已欲传位太子；值水旱相仍，不欲以余灾遗子孙，淹留俟稍丰，不意逆胡横发，朕当亲征，且使之监国。事平之日，朕将高枕无忧矣。’”（《资治通鉴》卷二百一十七）杨国忠闻讯大惧，急忙告诉杨贵妃的三个姐姐韩国夫人、虢国夫人和秦国夫人说：“太子监国，素来与咱们杨家交恶已久，若一旦太子上位得天下，我们杨家命在旦夕，得赶紧让贵妃说服玄宗皇上不要亲征。”结果，玄宗皇上还是爱美人、不爱江山，放弃亲征。

唐玄宗以上布局，看似果决，实则是兵来将挡，水来土掩，全无运筹帷幄、决胜千里之策。

二、阵前斩将，兵家大忌

唐玄宗天宝十四年（公元 755 年）十一月十六日，安西节度使封常清，自龟兹（驻今新疆库车县）入朝述职，始闻安禄山已反。玄宗皇上见到他大喜过望，急切问他讨敌对策。封常清夸下海口：“今太平积久，故人望风惮贼。然事有逆顺，势有奇变，臣请走马诣东京，开府库，募骁勇，挑马棰渡河，计日取逆胡之首献阙下。”（《资治通鉴》卷二百一十七）

好一个名将风范，好一番壮语豪言，好一次取悦皇上，然而事与愿违。

封常清单枪匹马到东京洛阳后，旬日间募得六万士卒，皆散兵游勇，市井阿混，乌合之众，不及训练，仓促上阵，屡战屡败，屡败屡战，可谓英勇。“屯武牢以拒贼，贼以铁骑蹂之，官军大败。常清收余众，战於葵圆，又败；战上东门内，又败。丁酉，禄山陷东京，贼鼓噪自四门入，纵兵杀掠。常清战於都亭驿，又败；退守宣仁门，又败；乃自苑西坏墙西走。”（《资治通鉴》卷二百一十七）

洛阳保卫战惨败后，封常清知大势已去，领残兵败将突出重围，一路逃往他的老上司高仙芝驻守的陕郡（今河南三门峡市）。高仙芝任安西节度使时，封常清曾是他的副手，史称最佳搭档，打遍西北无敌手。此次高仙芝挂帅领兵到陕郡，本应东进正面迎击叛军，主帅本为荣王李琬，但却中途病亡，不是好征兆。

此时封常清逃亡至此，陕郡几乎是一座空城，官吏百姓已作鸟兽散。而高仙芝在长安募来的兵士，也大都是长安东西两市的市井混混，毫无战斗力。于是，封常清就对高仙芝说：“累日血战，贼锋不可挡。且潼关无兵，若狂寇奔图，则京师危矣。宜弃此守，急保潼关。”（《旧唐书》卷一〇四，高仙芝等传）高仙芝立刻意识到，封常清所言极是，避敌锋芒，退至潼关（今陕西潼关县），以守为攻，实乃上策。军情危急，将在外君命有所不受，高仙芝来不及奏请皇上，与封常清合兵一处，撤军潼关。没有料想，叛军比预料的来得快，前后脚地杀来，官军首尾不顾，仓皇奔向潼关。一路上被叛军追杀的、溃逃中马踏致死的过半，可谓狼狈不堪。庆幸的是高仙芝、封常清率前军抵达潼关后，稳住阵脚，及时加固防御工事，待叛军赶到时，一看官军严阵以待，方才悻悻退避，在陕郡驻兵，与之对峙。然而，退守潼关却给高仙芝和封常清带来杀身之祸。

原来，高仙芝领命东征时，玄宗皇上给他派了个监军：宦官边令诚。这个人在唐玄宗天宝六年（公元 747 年）随高仙芝远征小勃律时（今克什米尔西北部）就是监军，得胜还朝后，安西节度使夫蒙灵察不满属下高仙芝直接向玄宗皇上表功，对其实施打压，边令诚以监军的身份上奏玄宗皇上，力挺高仙芝这位高丽人将军，结果玄宗皇帝把夫蒙灵察内调，擢升高仙芝安西节度使。这样看来，边令诚是有恩于高仙芝的。但是，此一时彼一时，边令诚是开唐朝宦官监军先河的，为了逃避不战而退的责任，他提前赶回长安面圣，恶人先告状，说封常清丢东京洛阳不思夺回，反而和他的老搭档不战而退陕郡，此丢城失地一罪；目无朝廷，违背圣旨，擅至潼关一罪；不听劝阻，损兵折将，影响士气一罪。好嘛三罪，罪罪当杀，玄宗皇上不听朝堂大臣劝阻，罪无可赦，下旨让边令诚到潼关监斩。

封常清死有遗书：“……臣今将死抗表，陛下或以臣失律之后，诳妄为辩；陛下或以臣欲尽所忠，肝胆见察。臣死之后，望陛下不轻此贼，无忘臣言，则冀社稷复安，逆胡败覆，臣之所愿毕矣。仰天饮鸩，向日封章，即为尸谏之臣，死作圣朝之鬼。若使殁而有知，必结草军前，回风阵上，引王师之旗鼓，平寇贼之戈铤。生死酬恩，不胜感激，臣常清无任永辞圣代悲恋之至。”（《旧唐书》卷一百零四，封常清传）

此遗书，何等的壮怀激烈，何等的忠肝义胆，何等的大唐情怀。每每读来，前无古人。唐代大诗人岑参，在其诗《轮台歌送封大夫出师西征》有云：亚相勤王甘苦辛，誓将报主静边尘。古来青史谁不见，今见功名胜古人。

高仙芝被行刑前，看着草席裹着的封常清尸身，仰天长叹：“封二，子从微至著，我则引子为我判官，俄又代我为节度使，今日又与子同死于此，岂命也夫！”（《旧唐书》卷一百零四，封常清传）

封常清、高仙芝没有战死沙场，却冤死在潼关城上，三军为之喊冤，天地为之动容。唐玄宗听信谗言，大敌当前，阵前斩将，兵家大忌。事后，亢龙有悔，悔之晚矣，朝中已无良将驱使。

三、致命一击，潼关痛失

唐玄宗天宝十四年（公元 755 年）十二月十八日，边令诚携诏书在潼关斩杀封常清、高仙芝后，玄宗皇上虽令原守将李承光摄理高仙芝职务，但军中不可一日无帅。于是玄宗皇上想到了在京中养病的河西、陇右节度使哥舒翰。

哥舒翰何许人也？大唐名将哥舒翰，因“石堡城之战”而进封西平郡王，与素来不和的安禄山为东西“双王”。哥舒翰嗜酒如命，醇酒美人时时相伴，以致身虚，洗澡中风，半身不遂，安史之乱前就在京中家里闭门谢客，调理养病。此时玄宗皇上想到他，是想借他的威名，且素来与安禄山不和，于是召见他，委以天下兵马副元帅之职，让其统兵八万至潼关。哥舒翰以病为由推辞，玄宗皇上不允。结果哥舒翰是被军士抬到潼关应战的。

哥舒翰到达潼关军中后，虽有玄宗皇上下令来自四方的援兵及高仙芝旧部，合计二十余万兵马，但他掂量得出安禄山的实力，连高仙芝、封常清这样的大唐名将都败于其下，因此下令：以守为攻，紧闭城门，不得擅自出战。

潼关北临黄河，南踞山腰，关中大门，一夫当关，万夫莫开，兵家必争。哥舒翰据守不战，其战略思路是：以时间换空间，只要把安禄山挡在关外，不仅长安无虞，而且可待四方兵马收复失地，进而聚歼叛军。然而，人算不如天算，天算不及奸算：

一是哥舒翰帐下的骑兵兵马使王思礼坚定地认为，既然安禄山反叛是杨国忠惹的祸，且安禄山也是打着“诛杨清君侧”

的旗号，不如向玄宗皇上奏请，诛杀杨国忠，或由他率三十骑入京斩杀杨国忠，否则潼关也是咱们的“鬼门关”。哥舒翰不允，认为这是犯上作乱，这样与安禄山有何两样。不料有人将此危信传于京中的杨国忠，杨国忠大惧。

二是杨国忠借郭子仪在大同大胜叛军，而此时玄宗皇上太需要再来一场大胜仗来鼓舞士气，且自己曾陷害过哥舒翰的老领导王忠嗣，现在又有哥舒翰的部下动了杀机，所以力劝玄宗皇上催促哥舒翰出关迎战。若胜，则自己有功，可固位保权；若败，则除己宿敌，可高枕无忧。

三是唐玄宗天宝十五年（公元 756 年）正月一日，叛军首领安禄山在东京洛阳登基，建立大燕帝国，自称大燕皇帝，年号圣武。这可是一服催化剂，玄宗皇上下死命令催哥舒翰出关击敌，夺回东京。

关键的时候，致命的一击，杨国忠最后一次又赌上了大唐江山。哥舒翰六月八日率军出关与敌决战，六月九日全军覆没，自己被俘，一世英名，毁于一旦。

潼关失守，朝野震动，“及暮，平安火不至①，上始惧。”（《资治通鉴》卷二百一十八）

子夫诗云：拓疆万里射大雕，盛世换得荔枝笑。纵使銮舆

① 平安火，唐镇戍烽火候，三十里一座，每日夜燃一炬，谓之平安。

出狩回①，开元何必有天宝。

> 唐肃宗（《旧唐书》卷十，肃宗纪）：“玄宗幸蜀，丁酉，至马嵬坡顿，六甲不进，请诛杨氏。于是诛国忠，赐贵妃自尽。车驾将发，留上在后宣谕百姓。众泣而言曰，逆胡背恩，主上播越，臣等生於圣代，世为唐民，愿勠力一心，为国讨贼。请从太子收复长安。玄宗闻之曰，此天启也。”

唐玄宗天宝十五年（公元756年）六月十日，潼关已破，于是河东（今山西永济市）、华阴（今陕西华阴市）、冯翊（今陕西大荔县）、商洛（今陕西商洛市）等地的防御使，皆弃城而走，所在守军惊作鸟兽散，长安已无据守屏障。

一、幸蜀於野，兵谏诛杨

唐玄宗天宝十五年（公元756年）六月十一日，一大早，玄宗皇上因昨晚平安火不至，急命高力士召宰相们到延英殿议事，危情迫在眉睫，如何是好。杨国忠首先提出，自己身领剑南节度使，闻安禄山已反，为防不测，已命副使崔圆阴具储待以备，皇上应立刻御驾幸蜀，再图平叛方略。此刻玄宗皇上面

① 銮舆出狩回，（《全唐诗》李隆基·幸蜀西至剑门）“剑阁横云峻，銮舆出狩回。”意思是安史避乱，今得以回京。

觑众相，皆束手无策，于是同意幸蜀之策，交由宰相杨国忠和禁军首领陈玄礼督办，不得张扬，以免恐慌。

皇上幸蜀，其实避难。三国时期诸葛亮选蜀中为鼎立一势，一是看中了蜀道之险；二是算中了战略纵深；三是相中了物产丰富。

六月十二日，为了掩人耳目，早朝依旧，钟鼓照敲，可文臣武将到之不足十分之一。杨国忠依计导演，台上玄宗皇上御登勤政务本楼，下旨又要御驾亲征，官员面面相觑，闻者皆莫信之；台下急忙秘密意旨：京兆尹（长安市长）魏方为御史大夫，兼任置顿使（幸蜀后勤部长）；提拔崔光远为京兆尹，兼西京留守（长安城破后投敌）；令宦官边令诚掌管宫闱所有钥匙（哭笑不得的替死鬼）；着禁军首领陈玄礼驻北内（大明宫青霄门附近）、备御马、开府库、取钱帛、赏六军，以备跑路。

六月十三日黎明，“九重城阙烟尘生，千乘万骑西南行。①”唐玄宗及杨氏姐妹、皇子、皇妃、皇孙、宰相杨国忠和韦见素、亲近宦官等一干人马，悄悄地出延秋门（大明宫西南），溜之大吉。“是日，百官犹有入朝者，至宫门，犹闻漏声，三卫立仗俨然。门既启，则宫人乱出，中外扰攘，不知上所之。於是王公、士民四出逃窜，山谷细民争入宫禁及王公第舍，盗取金宝，或乘驴上殿。”（《资治通鉴》卷二百一十

---

① 唐代诗人白居易《长恨歌》诗句。

八）大唐盛世沦为乱世，至此可见一斑。呜呼哀哉！

六月十四日，一路食不果腹、人困马乏、无官迎驾、怨声载道的幸蜀人马，至陕西兴平县的马嵬坡驿站，禁军官兵忍无可忍，彻底愤怒了。陈玄礼知祸起杨国忠，矛头指向杨国忠，于是欲诛之，随即找东宫宦官李辅国商议，进而告知太子李亨。太子忧而不决，不点头，也不摇头。曾经因“唐隆政变①”帮助皇上诛杀韦后的陈玄礼心中明白，这就是先斩后奏的信号。其实，太子李亨心里跟明镜似的，自己做太子十八年，先是李林甫打压，后是杨国忠祸害，安禄山反叛后，父皇有心让他监国，有禅让传位之意，结果被杨国忠搅黄，故与之水火不容，势不两立。说来也正巧，此刻正好有随行的吐蕃使者二十余人，拦住杨国忠要吃的，有军士振臂一呼：“杨国忠欲与胡虏谋反”，并以箭射之，结果没有中，杨国忠不知所就，慌忙逃窜，众军士追其杀之，并将其尸体肢解，用枪挑其头挂之驿门外。不仅如此，乱兵还杀了杨国忠的儿子户部侍郎杨暄和韩国夫人、秦国夫人，御史大夫正好碰上，大喝一声：“尔等何敢杀害宰相！”杀红眼的乱兵又将其杀害；宰相韦见素闻乱出门劝阻，被棒打得脑血流地；随后乱兵围了驿站。此时“上闻喧哗，问外何事，左右以国忠反对。上仗履出驿门，慰劳军士，令收队，军士不应。上使高力士问之，玄礼对曰：

① 唐隆政变，李隆基唐隆元年（公元710年）以禁军杀韦后、安乐公主，彻底剿灭韦氏集团。

‘国忠谋反，贵妃不宜供奉，愿陛下割恩正法。’上曰：朕当自处之。’……上乃命力士引贵妃於佛堂，缢杀之。舆尸置驿庭，召玄礼等人视之。”（《资治通鉴》卷二百一十八）

根据史书的这段记载，禁军首领陈玄礼始终都在现场，只是不便露面，是幕后导演。“禄山反，玄礼欲城中诛杨国忠，事不果，竟於马嵬坡斩之。”（《旧唐书》卷一百零六，陈玄礼传）所以，马嵬坡兵谏是有预谋的，至少太子李亨一家、东宫宦官李辅国等是事先预知的。至于有的史学家、小说家认为高力士才是总策划，可是有关正史中没有片言只语的记载。倒是高力士当时有一句话，点醒了还算识大体的李隆基，“贵妃诚无罪，然将士已杀国忠，而贵妃在陛下左右，岂敢自安？愿陛下审思之，将士安，则陛下安矣。”（《资治通鉴》卷二百一十八）

十九年前是高力士亲自把贵妃接进宫内，如今又是他亲手把贵妃送上绝路，造化弄人啊！

“六军不发无奈何，宛转蛾眉马前死。花钿委地无人收，翠翘金雀玉搔头。君王掩面救不得，回看血泪相和流。……天长地久有时尽，此恨绵绵无绝期。①”

杨贵妃与大唐盛世一起殉葬，本年三十七岁。

一面是圣王、一面是昏君的李隆基就此翻篇，本年七十二岁。

---

① 唐代诗人白居易《长恨歌》诗句。

二、天启太子，可奉宗庙

唐玄宗天宝十五年（公元 756 年）六月十五日，清晨，日欲出。一夜难眠的唐玄宗，又踏上了凄凄惶惶的幸蜀之路。谁知銮驾刚出驿门，又止不前。将士们围住銮驾七嘴八舌地嚷嚷：

“我们不去剑南，那里都是杨国忠的死党！”

“是啊，我们杀了杨国忠，去了就是找死！”

“我们去河西，要不去陇右……”

“我看还是去朔方，或者是北京。”

“我看干脆哪里也不去，直接杀回长安，拼个你死我活！”

唐玄宗听着就蒙了，意在入蜀，惮违众心，竟无语相向，这可真是“秀才遇见兵，有理说不清”，况且本来无理。好在刚任命为御史中丞兼置顿使的韦谔，及时出面解释、打圆场：“还京，当有御贼之备。今兵少，未易东向，不如且至扶风，徐图去就。上询于众，众以为然，乃从之。”（《资治通鉴》卷二百一十八）哪知一波未平，一波又起。这回是当地的父老乡亲数千人，挡住了銮驾，呼吁道：

“皇上既然不肯留下，我们愿意跟随太子殿下挥师东进，夺回长安。如果你们都去了剑南，谁还能给中原百姓做主！陛下别忘了，长安的皇宫，还有历代你的祖坟，都不要了吗？请皇上以江山为重啊!”

唐玄宗这时勒住马缰，犹豫了，沉默了……有的史学家、小说家认为，历史时刻，这是太子李亨精心设计的、与父王分道扬镳的、欲自立为皇的重头戏。其实不然，此刻太子遵旨到后面去宣慰父老乡亲，被团团围住，太子下马上前动情地说：

“‘至尊远冒险阻，吾岂忍朝夕离左右。且吾尚未面辞，当还白至尊，更禀进止。’涕泣，跋马欲西。”(《资治通鉴》卷二百一十八)

此时，太子李亨骑的马，却被二儿子建宁王李倓和东宫宦官李辅国紧紧地拽住了笼头，力谏曰：

“逆胡犯阙，四海分崩。不因人情，何以兴复？今殿下从至尊入蜀，若贼兵烧绝栈道，则中原之地，拱手授贼矣。人情既离，不可复合，虽欲复至此，其可得乎？不如收西北守边之兵，召郭李于河北，与之并力，东讨逆贼，克复两京，削平四海，使社稷危而复安，宗庙毁而更存，扫清宫禁，以迎至尊，岂非孝之大者乎！何必区区温情，为儿女之恋乎!”(《资治通鉴》卷二百一十八)

父老乡亲听到建宁王这一番肺腑之言，正合他们的心意，更是拥挤上前，围得太子马不能驱。于是太子李亨，命大儿子广平王李俶前去禀告父皇。唐玄宗得知后仰天而曰：“此天启也!”乃分后军两千人马给太子李亨，并深情地让孙儿广平王李俶转告：“太子仁孝，可奉宗庙，汝曹善辅佐之!”接着就让高力士随广平王李俶面见太子，传他的口谕："汝勉之，勿以吾为念。西北诸胡，吾抚之素厚，汝必得其用。"（《资治通鉴》卷二百一十八）并当众宣旨，传位太子，李亨接旨意后不受，面南而号哭……

天下者，百姓之天下也！以天下为大，唐玄宗此时此刻传位于太子，顺乎民意，应天顺势，实乃大唐之万幸也。

三、灵武继位，冀望良将

太子李亨做储君十八年，可以说是如履薄冰，战战兢兢，生活在恐惧、焦虑和艰难之中：

一是父皇春秋正旺，诸皇子不可觊觎皇位，凡有后宫或奸臣拨弄是非，毫不留情地一律格杀勿论。唐玄宗开元二十五年（公元 737 年）四月，武惠妃挑唆，李隆基"一日杀三子"，而这一年也恰好是杨贵妃入后宫。后宫的争斗指数历来最高，太子李亨身临其境。

二是奸相李林甫，一直不看好太子李亨，不是他心中的理想人选，千方百计以"太子党"为由头，凡是与太子亲近的，均制造冤案予以除之，如唐玄宗天宝五至六年（公元 746—747 年）皇甫惟明、韦坚、王忠嗣、李适之等及家人数百口，无一幸免。其中，太子李亨为了撇清与韦坚这个大舅哥的关系，竟然上疏请求父皇准许跟太子妃韦氏离婚，而且还要求父皇不要因为是皇亲国戚的缘故，而妨碍司法运行。

三是奸相杨国忠，依仗杨氏姐妹在后宫的地位，根本不把太子李亨乃至整个东宫放在眼里。虽然太子李亨与杨国忠在安禄山谋反一事上看法近似，但在抑制的方法上有别，经常在朝堂上唇枪舌剑。尤其是当玄宗皇上想让太子监国且有意禅位时，杨国忠不遗余力地将其搅黄。

庆幸的是，好在做储君的这十八年间，风风雨雨地有太子李亨的“二爹”高力士罩着，他才摇摇晃晃地在马嵬坡走到了台前。所以，在太子李亨的性格里，猜忌成性，刚愎自用，开宦官干政的先河，已成必然，此乃后话。

唐玄宗天宝十五年（公元756年）六月二十三日，也就是唐玄宗幸蜀出逃的十天之后，安禄山的燕军兵不血刃地占领了长安。此时的安禄山心想，大唐半壁江山都已囊括，狗皇帝就是个落水狗，不必再追，迟早收拾，当尽情享乐胜利果实，全无战略格局，“自以为得志，日夜纵酒，专以声色宝贿为事，无复西出之意，故上得安行入蜀，太子北行亦无追迫之患。”（《资治通鉴》卷二百一十八）所以，太子李亨一行，几乎是在他父皇平安入蜀的同期，进入了朔方战区的平凉（今宁夏固原县），有彭原郡和平凉郡的郡守，先后协助招兵买马五百余人，算是暂时稳定下来。

当时，太子李亨肩负重任准备东进时，也不知道先在哪儿落脚为好。随行的大多数官员、将士也无所适从。倒是建宁王李倓建议去朔方，说殿下以前遥领过朔方节度大使，儿还略记得他们的名字，那里兵强马壮，又是离这里最近的地方。所以，先北上朔方，再图大计，才就地于此。

这里需要质疑的是，建宁王李倓所说的“儿还略记得他们的名字”指的是谁。既然那么肯定，史书上却没有明确指出。但是他却又说了“朔方道近，士马全盛，裴冕衣冠名族，必无贰心”（《资治通鉴》卷二百一十八）。这个裴冕，曾就任朔方行军司马，相当于朔方战区的参谋长，且刚调到朝廷任御史中丞不久，而郭子仪则是年前安禄山反叛之初，皇上提拔的朔方节度使，李光弼是左兵马使，都是裴冕的上级，建宁王李倓却只字未提，什么原因呢？分析一下有三种可能性：

其一，太子殿下曾经遥领过朔方节度大使。按照唐制，军功对于边将和太子、皇子同样重要。太子、皇子遥领就是不出阁，挂个名，边将若有军功同享。所以，太子、皇子遥领时，郭子仪、李光弼相对于王忠嗣、皇甫惟明、高仙芝、封常清、哥舒翰等西北名将，均不出名，也没有谋面的可能。

其二，裴冕是“衣冠名族”之后，其父官至长安丞，可能在京城就与东宫有来往，而郭子仪家庭背景肯定无法望其项背，且戍边时（唐玄宗开元四年，公元716年），太子李亨才五岁，裴冕十三岁。

其三，郭子仪、李光弼受命于危难之际，没有直接上朝听旨，而是使臣宣旨后即刻奔赴河北、山西等地，与安禄山叛军展开鏖战，成为朝廷唯一可用之王师，且屡有捷报。太子李亨及广平王、建宁王在朝堂时听到过奏报，现不在朔方，所以建宁王没有提及他们。

总之，不论什么可能性，有一点可以明确，那就是太子李亨、广平王李俶和建宁王李倓，对郭子仪、李光弼只是闻其名，未谋其面，没有私交。这也为以后的人事安排，留下了许多未知数。

太子李亨一行在平凉逗留几天了，朔方战区留后（后补节度使）杜鸿渐的政治嗅觉很灵敏，他联络黄河以北的六城官员商议：应派人尽快迎接太子到朔方战区，使朔方战区成为全国征讨叛军的指挥中心，届时历史意义重大。于是派专人使函，奉笺于太子李亨，并将朔方存储的士马甲兵谷帛悉数献上（擅自做主，做好人，因郭子仪不在）。适逢其会，御史中丞裴冕也赶到了平凉，也劝太子李亨一行前往朔方，太子李亨大喜，随即启程前往。杜鸿渐一干官吏闻讯后，即刻赶至平凉郡北部郡界迎接。尘埃落定后，众人与太子李亨分析说："朔方，天下劲兵处也。今吐蕃请和，回纥内附，四方郡县大抵坚守拒贼以俟兴复。殿下今理兵灵武，按辔长驱，移檄四方，收揽忠义，则贼逆不足屠也。"（《资治通鉴》卷二百一十八）

唐玄宗天宝十五年（公元 756 年）七月九日，太子李亨一行到达灵武。裴冕、杜鸿渐等官吏上太子笺，请太子李亨遵皇上马嵬坡之命，即皇帝位。太子李亨佯装不许，众人再跪劝，晓之以利害，裴冕等又言：“‘将士皆关中人，日夜思归，所以崎岖从陛下远涉沙塞者，冀尺寸之功。若一朝离散，不可复集。愿陛下勉徇众心，为社稷计！’笺五上，太子乃许之。”（《资治通鉴》卷二百一十八）至此，唐玄宗天宝十五年（肃宗至德元年，公元756年）七月十二日，太子李亨在灵武即帝位，尊父皇为太上皇，开启了至德元年，后世按其庙号称为肃宗。

即位当天，肃宗皇上就任命裴冕为中书侍郎，杜鸿渐为中书舍人，均官升一级，其他将吏也各有任命，皆大欢喜。时下朔方精兵均随郭子仪、李光弼在山西、河北作战，唯余老弱守边，文武官员不足三十人，肃宗皇上虽下诏四方兵马来朔方，半个月内也有兵马渐至，但不足万余。他最渴望的是郭子仪、李光弼兵马的到来，可是诏书没有玉玺加盖，加之除朔方军民知道现在皇帝是唐肃宗，其他地方由于烽火连天，信息不畅，没人知晓城头变幻大王旗。

郭子仪、李光弼能来吗？唐肃宗忧心如焚……

子夫诗云：马嵬坡前马不前，百姓恸哭问江山。天启太子承大业，何人横刀挽狂澜。

第五章　朔方庶几，横刀立马

郭子仪（《旧唐书》卷一百二十，郭子仪传）：

“十四载，安禄山反，十一月，以子仪为卫尉卿，兼灵武郡太守充朔方节度使，诏子仪以本军东讨，遂举兵出单于府，败静边军，斩贼将周万顷，传首阙下。禄山遣大同军使高秀岩寇河曲，子仪击败之，进收云中马邑，开东井，以功加御史大夫。”

安史之乱，改变了许多人的历史命运。战前战始，将星陨落，天幕欲垂，四面楚歌，唯朔方曙光，老将出马（时年五十七岁），临危受命，大器晚成。史书用了一句“诏子仪以本军东讨，遂举兵出单于府”的描写，即表明军情紧急，刻不容缓。郭子仪没有上殿领命，而是闻风而动，迅速主动出击。

一、打通井陉，郭子仪横刀云中

唐玄宗天宝十四年（公元 755 年）十一月二十一日，尚在守孝期间①的郭子仪临危受命，“以本军东讨”。朔方（今宁夏吴忠市）军是唐西北边防非常重要的一支国防力量，它的戍边范围延伸到了今天的宁夏和内蒙古一带。郭子仪在此从军、领兵二十七年，备战一直没有懈怠。那么此时的战争形势如何，东讨的战争环境又如何，应该制定怎样的战略规划和战略部署，都需要郭子仪这个领军主帅与众将领认真研判，仔细思考。

战争的形势：安禄山十一月十日引兵夜发，一字长蛇，至十一月二十日，十天的时间就拿下了土门（今河北井陉县），控制了太行山西通道的井陉口，并与大同叛军高秀岩部，形成了威逼河东战区和朔方战区的钳形态势；夺取了素有河北之膂之称的常山郡（今河北正定县），乘势横扫了几乎河北全境；安禄山的主力开始向河南的陈留郡（今河南开封市）、荥阳郡（今河南郑州市）攻击前进，剑锋直指东京洛阳。

战争的环境：战前安禄山就身兼平卢、范阳、河东节度使，又任河北道采访处置使，即掌管检查刑狱和监察州县官吏，可谓占尽天时、地利。尤其是河北道，唐制管辖着东至东海，西至太行山，南至今河南的泌阳县、卫辉、安阳和山东的聊城、德州，北至今东北的黑、吉、辽以南，以及河北和内蒙古西南大部，约占当时大唐五分之一的国土。安禄山起兵谋反后不到旬月，整个河北道“二十四郡，曾无一人义士邪”（《资治通鉴》卷二百一十七）。

① 守孝，郭子仪的母亲（后赠魏国夫人）向氏去世，按唐制规定去职回家丁忧。

战略规划和部署：郭子仪与众将领根据战争的形势和战争的环境分析认为，安禄山叛军由范阳（今北京市）一字长蛇南下，剑锋直指东京洛阳和西京长安，目前尚未开辟第二战场，战略纵深长，他的侧翼必然暴露，如果出其不意，出东井陉，收常山，斩其腰，断其后，再攻河间，就能直捣贼巢。众将非常同意郭子仪的分析，研判的结果是：

一是战略规划——围云中（今山西大同市），捣范阳，使贼后顾之忧；战井陉，夺常山，使贼首尾难接。

二是战略部署——集中优势兵力，围点打援，战则务求必胜。

唐玄宗天宝十四年（公元755年）十二月八日，安禄山亲率大军南下攻占荥阳郡的同时，命大同军使高秀岩出兵攻击单于都督府的振武军（今内蒙古和林格尔县），一方面牵制朔方与北京（今山西太原市）的唐军，一方面由北至南形成威逼关中的态势，开辟第二战场。但让安禄山和高秀岩始料未及的是，高秀岩一出兵，就进入了郭子仪的战略包围圈，遭到了迎头痛击，先锋大将周万顷身首异处，败军急忙退回大同。郭子仪大军乘胜拔了安禄山静边军的要塞（今山西右玉县）。高秀岩急忙派兵马使薛忠义反攻静边军，郭子仪派左兵马使李光弼、右兵马使高浚、左武锋使仆固怀恩、右武锋使浑释之等，合而截击，大获全胜，斩杀叛军骑兵七千余人，遂进围云中，完成了战略规划的第一步。紧接着，郭子仪又派别将公孙琼岩，领二千精锐骑兵，攻克了叛军的马邑关隘（今山西雁门关外)，打通了雁门关东口的东陉关，与北京（今山西太原市）守将王承业连成战略防线。

此战役意义重大：

其一是郭子仪战略规划的关键一步。因为它不仅使安禄山开辟第二战场的梦想化为泡影，而且为郭子仪战略实施出东井陉，夺取常山，控制河北，拦腰斩蛇，铺平了道路。

其二是朝廷反击安禄山叛军以来的第一个大胜仗，打破了安禄山铁骑不可战胜的神话，倾斜了战争的天平，极大地鼓舞了士气。

其三是激起了河北道二十四郡义士的反叛斗争高潮。常山太守颜杲卿、平原太守颜真卿、济南太守李随、饶阳太守卢全诚和司马李正等，皆谋划讨贼，举义旗，一呼百应。此时安禄山所控制的仅剩范阳、卢龙（今河北秦皇岛市)、密云、渔阳、汲县、邺县等六郡而已。

挽狂澜于既倒，扶大厦之将倾，郭子仪大军连战连胜，叛军闻风丧胆，兵锋遭重挫，使得郭子仪一跃成为朝野皆知的将帅，玄宗皇上龙颜大悦。唐玄宗天宝十四年（公元 755 年）十二月十九日，加封郭子仪为御史大夫。

二、举荐良将，郭子仪分忧朝廷

唐玄宗天宝十五年、肃宗至德元年（公元 756 年）正月初一，安禄山在东京洛阳称帝。虽然唐军在河东捷报频传，但是河北常山郡被史思明攻破，朝廷即命郭子仪罢云中之围，回师朔方，休整补充兵员和粮草辎重，准备南下夺回东京。与此同时，朝廷为挽救河北颓势，让郭子仪推荐一良将，分朔方兵出井陉，夺回常山。郭子仪毫不犹豫地上疏，推荐了李光弼。玄宗皇上下诏，以李光弼为河东节度使，分朔方兵万余人由其率领东进。

上谕到时，郭子仪先与李光弼通了通气，毕竟两人过去有些不愉快。可李光弼疑心这是郭子仪把他往火坑里推，于是他恳请郭子仪："'一死固甘，乞勉妻子。'汾阳王趋下，持手上堂偶坐，曰：'今国乱主迁，非公不能东伐，岂怀私忿时邪！'悉召军吏，出诏书读之，如诏约东。及别，执手泣涕，相勉以忠义。"（《资治通鉴》卷二百一十七，考异）这段郭、李恩怨情节的描述，是晚唐诗人杜牧根据《汾阳家传》写的，因为唐文宗时期，他是弘文馆校书郎，在国史馆修撰，所以《资治通鉴》将其撰文收入，尽管有时间和空间上的差异，如"今国乱主迁"，但还是列考异叙之。

坊间传闻：李光弼出征前，郭子仪略备薄酒为他壮行。可是半天也没有等来李光弼。郭子仪传帐前校官陈回光去催促，陈回光回报说李光弼在他的帐内设坛祭祀，郭子仪就去一看究竟，结果见李光弼帐内的桌上立着王忠嗣的牌位，供着祭品，焚着烛香。李光弼见郭子仪入帐，还没有等他开口，郭子仪已于灵位前跪拜。李光弼急忙上前搀扶起郭子仪，说自己虽出将门，少不更事，多亏王忠嗣晓之以军事和用兵方略，还有敦厚做人的道理，今行前祭拜，聊表肝胆，定不辱命，以慰再造之恩。郭子仪也深情地表示，自己与王忠嗣是同乡，也是一直以来心中敬重的将帅。随后，两人把酒言别，共勉：当此国难关头，唯尽忠报国，听天由命。行前，李光弼对郭子仪欲言又止。郭子仪看出李光弼可能对当下的形势有顾虑，此去河北又是孤军深入，于是就提醒他是否担心潼关战事，会影响东进收复常山的士气。李光弼叹声道，朝廷偏听谗言杀了封常清和高仙芝，现在又逼一个身患重病的哥舒翰去守潼关，社稷堪危啊！郭子仪此时看得比较远，说朝廷目前还有一招险棋可走，走好了满盘皆活！李光弼眼前一亮，说能否咱俩取笔各写一个答案，看是否谋合。郭子仪点头同意，于是两人都写了四个字"坚守潼关"，真是英雄所见略同。郭子仪接着解释，坚守潼关，一可确保关中无虞；二可牵制燕军主力；三可用时间换空间。待我等出井陉，收常山，直捣燕军老巢，使其首尾难顾，然后分而歼灭，指日可待。李光弼一听，心里敞亮多了。随后，郭子仪便上疏玄宗皇上，表达了"坚守潼关"的战略意义。

总之，郭子仪与李光弼曾经有过的恩怨，在国难当头、同心戮敌、匡扶社稷的大是大非面前，是不值得一提的。为什么又在这里提起？是因为有些史学家、小说家，有"抑郭杨李"之嫌，因为李光弼同样功高盖世，最终却以悲剧谢幕，鸣不平嘛，替古人担忧。比如，莫须有的说，郭子仪分朔方兵一万余人给李光弼，多是老弱病残者，毫无战斗力，明摆着让李光弼去送死。《旧唐书》里的郭、李传均无此记载，《资治通鉴》里就一句描述“分朔方兵万人与之”。

子夫诗云：纵马云中挥刀横，千军席卷如秋风。社稷何时思良将，江山一战定忠臣。

李光弼（《旧唐书》卷一百一十，李光弼传）：“玄宗眷求良将，委以河北、河东之事，以问子仪，子仪荐光弼堪为阃寄。十五载正月，以光弼为云中太守，摄御使大夫，充河东节度副使、知节度事。二月，转魏郡太守、河北道采访使，以朔方兵力五千会郭子仪军，东下井陉，收常山郡。”

安史之乱的河北常山郡，控太行之险，扼河北之要；西出井陉则威慑河东、朔方；北出范阳则震慑贼兵老巢；南下平原，则可问鼎中原。如此兵家必争之地，郭子仪、李光弼与史思明竭力争夺，可见激烈……

一、退敌九门，李光弼智守常山

唐玄宗天宝十五年、唐肃宗至德元年（公元 756 年）一月，安禄山命史思明攻陷常山后，要迅速恢复河北稳定局势，以确保范阳后方巩固，策应安禄山之子安庆绪进攻潼关。

史思明率大军于二月初即恢复了常山（今河北正定县）、邺郡（今河南安阳市）、广平（今河北广平县）、钜鹿（今河北巨鹿县)、赵郡（今河北邯郸市)、上谷（今河北张家口市)、博陵（今河北定州市)、文安（今河北廊坊市)、魏郡(今河南安阳市以北)、信都（今河北邢台市）等地方的控制，并对饶阳郡（今河北衡水市）展开攻城战，久战不下。此时的饶阳郡，是唐军插在叛军据守的常山郡与河间郡之间的楔子，如果唐军出东井陉，攻常山，史思明就会两面受到夹击。此时史思明的焦虑担忧，也正是李光弼捕捉的先机，双方激战就此拉开帷幕。

唐玄宗天宝十五年、唐肃宗至德元年（公元 756 年）二月十五日，李光弼率蕃汉混合军团一万余人，北京（太原）太守王承业派三千神射手配合，出其不意地穿过东井陉，迅速地兵临常山城下。城内的燕军民兵，本多是大唐子民，风闻河东唐军到来，呼啦一下有三千人倒戈策应，击斩胡人，俘伪郡守安思义，出城投降。李光弼率唐军入城后，先做了两件事：

第一是释放被叛军关押的百姓和原常山郡的有关官员、将士；给释放的百姓安家费，让有关官员、将士归队；随后祭奠死亡的百姓和将士，获得了民心、军心。

第二是劝降叛军守将安思义。看着被五花大绑的安思义，李光弼说：“你知不知道你犯的是死罪？”

安思义双眼紧闭，一脸桀骜不驯的样子，拒不回答。

“我知道你不服，兵不血刃嘛。你也是久经沙场的带兵老将，依你看来我是不是史思明的对手？假如你是我会怎样做？考考你，如果有对策可以不杀，如何？”

安思义闻言，双眼一睁，着了李光弼的道：

“你千里之外，翻山越岭，劳师以众，人困马乏，不宜激战，应守城以逸待劳。史思明没有攻坚重武器，且多是骑兵，擅长野战，久攻不下必沮丧，届时可出城反击。昨夜我已向史思明发出十万火急的文书，他目前在饶阳，预计其前锋明天一早就到，大军会紧随其后，大夫不可不防！”

获取了有价值的情报，比杀一个俘虏重要，知己知彼，李光弼深以为然，亲自上前解了安思义的捆绑，当场释放，既显仁义，又得军心，然后命大军即刻在常山城固防备战。

次日凌晨，燕军前锋呼啸而至，史思明随之解除饶阳之围，亲率两万铁骑兵临城下。

李光弼谋定而动，先派出步兵五千人出东门佯装迎战，燕军嘲笑其不知好歹，蜂拥而围攻，唐军即刻鸣金收兵，待燕军追击城下，城垛上突然有五百名神箭手，箭矢如蝗，射入敌骑，击倒一片。史思明见状，赶紧命令后撤。而后，李光弼安排好的神射手一千人，分做四个梯队循环交替，点射排射接续。面对满天箭雨，骑兵又目标大，燕军只好退出射程以外的官道北边布阵。这时，李光弼安排的五千人长枪夹弓弩手方队，即刻出城进抵官道南，以滹沱河为屏障，枪头伸出，如芒刺在外，围成阵地，专御敌骑，跟燕军形成对峙。燕军骑兵不断地一次又一次过河挑战，结果河水和泥沙延缓了进攻的节奏，反而成了唐军神箭手的活靶子。史思明反叛以来，还头一次遭此败仗，只好暂停攻击，等待后续步兵的到来，再组织进攻。

正在双方都休战的时候，有村民跑来报告李光弼，说燕军有五千步兵从饶阳正向这里赶来，已经到达九门（今河北石家庄藁城区），正在靠近一个叫逢壁的地方休息。李光弼立刻组织步骑兵各两千人的特战队，偃旗息鼓，沿着滹沱河秘密抵近。这时，赶了一天一夜路的燕军，人困马乏，正在支锅吃饭，唐军突然发起攻击，杀得燕军片甲不留。史思明闻讯，顿时瘪了气，领着残兵败将退回九门防守。

史思明做梦都没有想到，梦魇才刚刚开始，李光弼注定是他有生之年的克星。

常山之战，李光弼以少胜多，大败史思明叛军，退敌九门，常山郡所辖九县中七县归唐，只有九门、藁城还在叛军手里，一战成名，使河北颓势逆转，四方唐军振奋。与此同时，安庆绪久攻潼关不顺，袁知泰兵败失魏郡（今河南安阳市），令狐潮四万燕军攻雍丘（今河南杞县）受阻，颜真卿克复信都（今河北冀州市），郭子仪雁门推进。形势的变化，越来越向着有利于朝廷发展，安禄山四面楚歌，黄袍加身后第一次感到了恐惧。

二、屡战屡胜，郭李再一次联手

史思明常山之败后，龟缩九门，心有不甘，闭门思过，心想，你李光弼的策略是一个字“守”，我的对策也是一个字

“困”。于是连续四十余天与李光弼的唐军对峙，不大打，也不小闹，利用骑兵的机动性，多次截获唐军的补给车队，几乎完全切断了常山唐军粮草供应。

李光弼也没有想到史思明这么能耗，这不是个办法。他想的是如何彻底打败史思明，实现郭子仪曾与他共同制定的战略规划：围云中（今山西大同市），捣范阳，使贼后顾之忧；战井陉，夺常山，使贼首尾难接。而此刻郭子仪正率朔方军主力向雁门郡攻击前进，离常山不远，如果能前来驰援，一可解常山之困，二可集中兵力，战胜史思明，实现预期的战略规划。所以，李光弼立刻遣使告知郭子仪。

唐玄宗天宝十五年、唐肃宗至德元年（公元756年）四月九日，郭子仪亲率蕃汉大军十万余人进抵常山，与李光弼合兵一处，部署决战九门。

四月十一日，郭子仪、李光弼与史思明、蔡希德在九门城南展开决战，此战也是唐军与燕军在河北最大规模的一次会战。因为唐军在兵力上数倍于燕军，且大多是朔方的精锐之师，所以取胜没有悬念。会战中唐军中郎将浑瑊，一箭射杀燕军大将李立节，燕军将士呼啦一下开始溃败，像滚雪球似的一败涂地。史思明集结残兵败将投奔赵郡（今河北赵县），蔡希德则一口气逃到钜鹿郡（今河北邢台市）。

四月十七日，郭李军团乘胜追击，仅用一天时间就拿下赵郡。这时李光弼手下的一些士兵开始抢劫掳掠，李光弼就亲自坐在城门口，一一没收劫掠的财物，发还民间；郭子仪则将俘虏的四千余人全部释放，只斩伪太守郭献璆；全城的百姓无不欢欣，仁义之师赢得民心。

郭李军团在赵郡稍作休整，又攻击前进至博陵（今河北定州市），团团围住史思明。史思明知道，如果不死守博陵，只能败走范阳，那时老巢不保，大燕国亡矣！所以拼死据守十余天，十万唐军的粮草开始短缺，郭子仪做出战略撤退的决策，退回常山。史思明认为防守反击的机会来了，立刻率数万兵力跟进，没有想到的是，郭子仪和李光弼早有预料，派精锐骑兵交替阻击掩护，整个退守有序不乱，连续三天三夜，拖得尾随的燕军疲惫不堪，也开始后撤。这时，郭李军团突然后军变前军，杀了个回马枪，在滹沱河再次击败燕军。史思明猝不及防，连自己都丢盔弃甲，狼狈逃窜。

唐玄宗天宝十五年、唐肃宗至德元年（公元 756 年）五月，九门会战溃败逃往钜鹿郡的蔡希德，向燕帝安禄山禀报了战况。燕帝安禄山非常震骇，后悔当初起兵前没有采纳大将军高邈的建议，把在家赋闲的李光弼招为帐下左司马。于是急忙自洛阳和范阳调兵遣将，增派骑兵两万、步兵一万，由蔡希德带领与史思明会合，授权史思明展开恒阳（今河北曲阳县）会战，恢复河北局面。

史思明此时帐下又聚集了五万兵马，开始嘚瑟，团团围住恒阳。郭子仪、李光弼仍采取防守反击的策略，先是深沟高垒，避实就虚，白天坚守城池，晚上奇兵偷袭，搞得燕军个个神经紧张，苦不堪言。数日后，五月二十九日，“子仪、光弼曰‘贼倦矣，可以出战’。壬午，战于嘉山，大破之。斩首四万，捕虏千余人。思明坠马，露发跣足步走，至暮，仗折枪归营，奔于博陵；光弼就围之，军声大振。於是河北十余郡皆杀贼守将而降。”（《资治通鉴》卷二百一十八）

郭子仪、李光弼再度联手取得嘉山大捷，使得燕云十六州几乎全部回到大唐怀抱，叛军在范阳和洛阳之间的物资和信息通道几乎彻底断绝，实现了郭子仪、李光弼先前制定的“战井陉，夺常山，使贼首尾难接”的战略规划。驻守东京洛阳的叛军人心浮动，如今南北阻绝，“家书抵万金”，岂不风声鹤唳，惶惶不可终日？

九门之败、嘉山之败，史思明视之为从戎以来的奇耻大辱，刻骨铭心，都是拜李光弼所赐，以他的性格，睚眦必报。自此惦记上了李光弼，定当洗刷耻辱……

子夫诗云：跃马太行欲投鞭，回首朔方旌旗展。常山破敌藏谋略，将军威风已八面。

第六章　信任博弈，郭李忠义

郭子仪（《旧唐书》卷一百二十，郭子仪传）：“宰相房琯请兵万人，自为统帅以讨贼，帝素重琯，许之。兵及陈涛，为贼兵所败，丧师殆尽，方事讨除，而军半殪，唯倚朔方军为根本。”

唐玄宗天宝十五年、唐肃宗至德元年（公元756年）五月二十九日，史思明恒阳兵败退守博陵后，燕帝安禄山之洛阳与范阳间的交通再度切断。噩耗传至洛阳，将士皆因家眷在范阳而无不动摇，安禄山则恐惧万分，“召高尚、严庄垢之曰：‘汝数年教我反，以为完全。今守潼关，数月不能进，北路已绝，诸军四合，吾所有者止汴、郑数州而已，完全何在？汝自今勿来见我！’”（《资治通鉴》卷二百一十八）应该说，此时的战略态势非常有利于朝廷方面；可是潼关失守，大厦将倾。

一、西赴灵武，郭李虚职以待

唐肃宗至德元年（公元756年）六月二十五日至七月十

二日，太子李亨到达平凉后即帝位前后的半个月间，就提拔了一批追随者。由于消息阻绝，至七月十五日，太上皇李隆基下诏任命太子李亨为天下兵马元帅（尚不知太子已继位），以及新任命一大批各战区节度使等官员，全国各地的官吏才知道潼关失守、新老皇帝在哪儿。所以新皇帝李亨也不能怪郭子仪、李光弼迟迟不来拥戴。

六月中旬，郭子仪、李光弼得知潼关失守，皇帝幸蜀，天下大乱，痛感无奈，又深感此时朔方军的责任和朔方、河东根据地的重要，于是中断了围攻聚歼史思明的战役，回撤朔方和河东防区，进行休整，以备随时回援关中。七月下旬，肃宗皇上的使者带来了让他俩前去的诏令，虽然没有加盖玉玺，使者又称是帝诏，郭子仪、李光弼还是感到了欣慰和希望，遂即带领五万精兵赶赴灵武。肃宗皇上闻知大喜，郭子仪和李光弼带来的雄师，是当时灵武唐军最成建制的，极大地鼓舞了新皇帝及军民反攻复国的信心。

肃宗皇上急于克服“两京”，好立身正朔，迎回太上皇，诏朔方军集中于灵武，全然没有战略全局，只是可惜了郭子仪、李光弼共同制定的“围云中（今山西大同市），捣范阳，使贼后顾之忧；战井陉，夺常山，使贼首尾难接”的战略规划半途而废。

八月一日，肃宗皇上任命郭子仪为武部尚书，兼灵武新政府政务秘书长，李光弼任户部尚书，兼北京（太原）留守。而郭子仪的这个新头衔“武部尚书”并无实权，至多是个从“国防部长”，因为此时先于郭子仪赶来的王思礼，曾随哥舒翰兵败潼关，然后追随老皇帝幸蜀有功，封河西兼陇右战区的节度使，月余又被老皇帝任命为兵部尚书，才是实实在在的国防部长，寸功未立，就因为护驾有功，平步青云。李光弼任户部尚书，让一个沙场的有功大将，跨专业去当穷得丁零当啷的新政府的财政部长，他又不懂财务，更是莫名其妙。所以，两人的官衔都是虚职，没有实际得到重用。为什么这样说呢？且看以下几件事：

一是对郭子仪和李光弼的任命诏书末了有两句补充说明，即“并同平章事，余如故”（《资治通鉴》卷二百一十八）。什么意思呢？同平章事，是唐官制，是在中书省、门下省和尚书省设置，因为“三省”经常合署办公，其各部门的首长都是天然的宰相，但是事务多时忙不过来，又是机要部门，所以皇上还要委派较低一级的官吏去做他们的助理，这个助理的官名就是“同平章事”。另外“余如故”的弦外之音就是“原来是什么官还当什么官去”。

二是李光弼连户部尚书办公的地方在哪儿还不知道，八月初，新皇帝就命他即率景城（今河北沧州东南）和河间两郡的五千民兵去保卫北京（今山西太原市）。

三是肃宗皇上虽然得到了朔方军的支持，但却不放心，念念不忘马嵬坡老皇帝的口谕：“汝勉之，勿以吾为念。西北诸胡，吾抚之素厚，汝必得其用。”（《资治通鉴》卷二百一十八）不顾郭子仪等将领的劝阻，执意要向回纥国借兵收复两京，认为他们有战斗力，并许之回报丰富的赏赐，“克城之日，土地、士庶归唐，金帛、子女皆归回纥。”（《资治通鉴》

卷二百二十）结果后患无穷。

四是北方的小毛贼同罗部落酋长阿史那从礼，乘安史之乱，煽动九姓部落数万人准备进攻朔方战区，九月中旬，肃宗皇上就派连屁股还没有坐热的武部尚书郭子仪，即刻去天德军（今内蒙古乌拉特前旗东北）征调部队讨伐，自己带到灵武的五万朔方军留下，还不如李光弼有五千人马可带，光杆司令一个。

五是十月肃宗皇上把郭子仪、李光弼带去的五万朔方军，交给一个连兵都没有带过的实质宰相房琯，去收复长安。结果会如何呢？可想而知。

二、陈涛兵败，子仪绥靖边关

唐肃宗至德元年（公元756年）十月，就在肃宗皇上把郭子仪、李光弼两员大将都外派后，房琯自以为是，上疏请自领将兵收复两京。房琯何许人也，这么大的胆魄？原来房琯是与韦素、崔涣三人八月上旬，受太上皇之命，从蜀中赶到灵武，奉玉玺之传位于太子李亨的有功成员之一。韦素是太上皇时期的宰相，太子李亨因其曾是杨国忠一党的，看不起他，就任命徒有虚名的房琯为宰相。为此，稍后被肃宗皇上任命为总监察官的贺兰进明提醒皇上，此人整天高谈阔论，必将误国，好比“王衍当三公”。[①] 肃宗皇上不以为然，

① 王衍，西晋末年位列三公，中国历史上典型的空谈误国人物，所谓“王衍当三公，空谈失中原”。

同意房琯率军出征，也倒是要看看他有没有真本事，于是任命他“持节”①，加封西京招讨使、兼防御蒲潼两关兵马节度使，给兵六万。房琯请求自行挑选出征官员，肃宗皇上准其请求，结果他挑选御史中丞邓景山为副手，户部侍郎李揖为行军司马（参谋长），给事中（御前监督官）刘秩为参谋，多是文官担任军中要职，唯有兵部尚书王思礼是军事主将。这时有人对房琯的军事主官安排提出异议，房琯却说：“叛军虽然有很多彪形大汉，奈何挡得住我的刘秩？”

十月二十一日，房琯分三路大军在陈涛斜（今陕西咸阳东）与燕军大将安守忠所部遭遇，房琯自恃有古车战方法，使步兵集中牛车两千辆，在步兵的掩护下冲向敌阵，结果燕军顺风擂动战鼓，与呐喊齐震，且顺风点火，顿时牛骇兵惊，一片火窟，唐军自乱阵脚，燕军乱中取胜，斩杀四万余人，生还不过几千人。

十月二十三日，房琯又亲自指挥南路军攻击，又大败。南路军将领杨希文、中路军将领刘贵哲还投降了燕军，东征彻底失败。肃宗皇上闻知胸中惨痛，刚刚燃起的希望之火，顿时被浇灭，极大地削弱了好不容易才聚集起的军事力量，于是大怒，欲斩房琯，却被影子宰相李泌竭力救下，理由呢？史书没有置评李泌竭力要保房琯之命的理由，也没有质疑唐肃宗为什么就听之任之了。四万人命如草芥，不抵房琯项上人头，历史的悲哀啊！

十一月十一日，就在房琯东征兵败陈涛斜不久，郭子仪却

---

① 持节，也叫符节，即在竹竿上缀上旄尾的旗子，将帅出征以此为凭证。

在北征的榆林郡（今内蒙古托克托县）黄河北岸，大败同罗部落，并搂草打兔子，一举歼灭了该地区的反叛燕军，大获全胜，杀敌三万，俘虏一万，河套地区完全平定。从九月中旬至十一月中旬，短短两个月郭子仪就不辱使命，靠的是什么？

一是郭子仪在军中的威信。郭子仪只带着几十人的卫队到天德军征调部队，那是他从军领兵二十七年的老根据地，是将士与他有情感的部队，是无论他走到哪儿军魂都在的朔方军。因此，郭子仪一呼百应，将士们义无反顾地跟着他走。

二是郭子仪在军中的军威。郭子仪一到天德军，就立刻召集众将分析敌情、部署应战，首战交给了帐下大将仆固怀恩。仆固怀恩的长子仆固玢积极请战，且立下军令状，结果战败被俘，后侥幸逃回，仆固怀恩执行军法，铡刀伺候，上自郭子仪，下至众将士，没有一个求情的。随后仆固怀恩亲自领兵上阵，将士奋勇杀敌，取得胜利。

三是郭子仪在回纥的影响。郭子仪在担任九原太守时期，认真落实朝廷“怀之以德”的睦邻友好方针，采取积极有效的政策开办互市贸易，与回纥可汗及百姓做朋友，起到了靖边富民的效果。郭子仪在回纥的知名度很高，尤其是郭子仪领朔方军出井陉、战常山、败思明，战无不胜，回纥人素来敬重英雄。所以，郭子仪派使者请可汗派兵从北出击，形成南北夹击之势，绥靖双方的边境，可汗葛逻支二话没说，十一月八日派回纥大军抵达汗谷（今内蒙古包头市北），与郭子仪的唐军会合，并交代一切行动听郭子仪将军指挥。

综上所述比较，实质宰相房琯有肃宗皇上给兵东征与

“同平章事”郭子仪孤身征调天德军北征，结果，东征惨败，北征大胜；房琯项上人头由影子宰相李泌死保，皇上容忍，仆固玢项上人头由父亲亲斩，子仪不保。事实是最好的证明：“帝素重琯，许之，兵及陈涛，为贼兵所败，丧师殆尽，方事讨除，而军半殪，唯倚朔方军为根本。”（《旧唐书》卷一百二十，郭子仪传）

子夫诗云：烽火太行战事多，将军驰骋不寂寞。自古忠臣多委屈，几人九曲逐黄河。

> 李光弼（《旧唐书》卷一百一十，李光弼等传）：
> “肃宗理兵於灵武，遣中使刘智达追光弼、子仪赴行在，授光弼户部尚书，兼太原尹，北京留守，同中书门下平章事，以景城、河间之卒五千赴太原。”

唐肃宗至德元年（公元 756 年）八月初，李光弼领皇命赴太原，与郭子仪就此别过，相勉于忠义，从此开始了与郭子仪双擎的领军平叛的主角担当。

一、树立军威，光弼怒杀御史

八月上旬，李光弼领兵五千到了太原，开始接手太原防务。可是原主管太原防务的侍御史崔众，却不把李光弼当回事，爱理不理的，迟迟不按约定时间交接。

崔众不是原太原战区负责人，他的前任是河东节度使王承业。两人交接的同时，朝廷派宦官到太原，因军纪败坏要诛杀王承业。此时王承业已经够惨的了，可是崔众飞扬跋扈，为了显示权威，对他的前任王承业，落井下石，百般羞辱，“众侮易承业，或裹甲持枪突入承业庭，事玩谑之，光弼闻之素不平。”（《旧唐书》卷一百一十，李光弼等传）李光弼见此情形，心如刀绞，想就在不久前，王承业率部拼死守住太行西井陉关口，郭子仪和他能顺利出井陉、战常山、败思明，王承业派来的三千神箭手，功不可没，眼见被诛杀，却无能为力，恐怕哪天自己亦如此，胆寒啊！恰在此时，有传旨官到，传旨崔众回灵武任御史中丞。崔众得意扬扬地瞥了李光弼一眼，心想老子本来就是朝廷命官，你这个舞刀弄枪的武夫怎能与我比肩。

此刻，李光弼也瞥了崔众一眼，早就看他不是个东西，顿生杀念，然后冷笑着对传旨官说：“崔众有罪在先，抗旨不遵，拒不交接兵权，当斩。如果你拿出圣旨，那我就斩了他这个御史中丞！”传旨官一听吓得大气不敢喘，崔众却有恃无恐地大笑道：“有圣旨在，谅你也不敢！”没等他笑声落地，李光弼手起刀落，将其斩首示众，众将士不寒而栗，朝廷命官都敢斩，军法无情啊！事后肃宗皇上闻知，也不了了之。

二、不惧强敌，光弼牛刀小试

唐肃宗至德二年（公元 757 年）正月二十日，燕军将领史思明从博陵（今河北定州市）出兵、蔡希德从太行陉（今河北博爱县）出兵、高秀岩从大同出兵、牛廷玠从范阳出兵，四路大军，十万兵马，杀气腾腾，来势汹汹，合围太原。

自从去年五月肃宗皇上遣使催促郭子仪、李光弼灵武集结，撤离常山郡后，史思明在安禄山必须收复河北、打通与范阳之间的后方通道的严令斥责下，又重整旗鼓，仅仅用了不到半年的时间，就率领燕军横扫河北，势不可当，兵临太原。史思明认为，只要拿下太原，就能直驱朔方、河陇，与关东燕军遥相呼应，对唐肃宗形成南北夹击态势，进而摧毁大唐兴复之地灵武，消灭朔方军主力，灭了唐朝的希望。可当他得知守城的唐军将领是李光弼，心里难免咯噔一下，真是冤家路窄，又碰上克星，吉凶难料。

太原方面的将士，看到城下黑压压的、望不到边的燕军，神情大为紧张。李光弼就对将士们进行心理疏导，说城下的燕军四将，都是我的手下败将，他们劳师以远，我们以逸待劳，他们人多消耗也快，我们人少储备却充足，不足惧怕！将士们看着神情自若的主帅，其中有不少是跟着李光弼打过胜仗的，也知道他善于用兵，善于打防御战，所以相互间激励，信心陡增。李光弼此时手上虽然只有一万多将士，但由于提前做好了防御工事，如城外加深加宽壕沟，城内脱土坯加厚城墙，所以当燕军到来时，四十里的太原城墙上，将士们已严阵以待。

果不其然，燕军围攻太原月余，久攻不下，于是史思明组织游骑兵东西南北地骂阵，寻找战机。李光弼就针锋相对，严令将士加强城防巡逻，不得懈怠，不得出战。不仅如此，李光弼还动员有一技之长的三个原铸过钱币的士兵，带领大家挖地道，挖到城外一处就布个陷阱，只要燕军有站在其上叫骂的，唐军士兵一伸手，就将其拽到地下，然后拖到城墙上斩首示众。这种神出鬼没的战法，让燕将士从此走路都低着头，生怕一不留神，吃饭的家伙就挂在城墙上。史思明一看不是办法，又下令土工作业，在城墙前兴筑土山，再搭云梯攻城。李光弼还是针锋相对，让士兵把地道挖到土山下，地面即行崩塌。就这样，李光弼用四两拨千斤的方法，率守军与史思明的燕军死磕了一个多月，取得阶段性胜利。

三、以守为攻，光弼诈降破敌

善于守城防御，也善于防守反攻，李光弼在太原守卫战中，把以守为攻的兵法运用得淋漓尽致，这对于擅长野战的史思明来说，简直就是噩梦。

比如，战斗初期，史思明派游骑兵挑战无效，就派三千兵马去山东押运攻城重武器。当运输队伍途经广阳（今山西平定县），李光弼早就得知信息，预先派训练有素的特战队在此预设埋伏，结果三千多燕军全部被歼，攻城器械也被付之一炬。

再如，李光弼战前就派工匠制作了许多抛石机械，分布在东西南北的城墙上，敢于攻城的燕军还没有靠近，就被居高临下飞来的石雨砸得头破血流，不得已退至射程之外干着急。

又如，李光弼最后使了一个阴招，兵不厌诈，那就诈降。他派使者前往史思明帐下，说不打了，也打不起了，我们投降，还约定了出城缴械的日期、地点。史思明的部将劝他小心有诈，史思明好大喜功、报仇心切，认为即使有诈，只要出得了城，数万燕军围住，就由不得你李光弼。于是，到了约定的期限，李光弼率将士排列城上，然后先派部将率三千兵马出城，到燕军指定的军营缴械，史思明大为兴奋，即派将士围上，留出一条通向城门的通道，以待后续的降兵降将。这时突然地裂塌陷，一个接一个地塌陷，燕军将士猝不及防，顿时大乱。唐军诈降将士乘机大喊“地藏王李光弼来了”，并迅速操起缴械的刀枪，中心开花，与城内冲出的唐军夹击大乱的燕军，防守反击，取得大胜，斩敌数万，为朝廷反击叛军之最大一场胜仗。

原来地道早已挖到了敌军营，李光弼给史思明挖了个诈降的大坑；地藏王，就是燕军送给李光弼的“雅号”。此时大燕国发生了一件大事：安庆绪杀了他老子安禄山，自立为帝。史思明料想到自己要做大事了，借口安庆绪让他回范阳镇守老巢，脚底抹油，溜之大吉，只留蔡希德等继续包围太原，无奈已是强弩之末。李光弼侦查得知城外燕军军心不稳，于是组织敢死队，向蔡希德的大营发起突袭，大获全胜。蔡希德不得不率败军逃走，又遭李光弼追兵和沿途百姓处处截杀，死伤七万余众，太原保卫战取得决定性胜利。

子夫诗云：将军一怒为尊严，何惧九州起狼烟。笑谈旌旗十万兵，烟灭灰飞弹指间。

第七章　知难而进，光复两京

郭子仪（《旧唐书》卷一百二十，郭子仪传）：

“是月，安禄山死，朝廷欲图大举，诏子仪还凤翔。四月进位司空，充关内、河东副元帅。”

唐肃宗至德二年（公元 757 年）正月六日清晨，伪燕帝国中书侍郎严庄，向文武百官宣布说，安禄山病重，封晋王安庆绪为太子。其实昨晚，宦官李猪儿入夜时分带着安庆绪、严庄以紧急公务需奏报，进入安禄山的寝室，李猪儿一言不发，拿刀就向安禄山的肚子猛砍，安禄山的肥肠顿时流了一床，挣扎坐起，手摇帐竿，大呼家贼，不刻即亡。安庆绪与严庄在安禄山的床下挖坑将其暂埋，威胁惊恐的左右侍从不得泄密，对外秘不发丧。时隔不久，安庆绪称帝，改元天成。

安禄山洛阳称帝时，双眼已基本看不见，深居宫中，文臣武将难得见面，加之战事不利，性情愈加暴躁，经常拿身边的李猪儿出气捶挞，就连严庄也被多次捶挞，又有安禄山欲以妾段氏之子庆恩代安庆绪为嗣，所以安庆绪、严庄、李猪儿合谋杀之。史称“洛阳事变”。

一、凤翔危机，郭子仪围魏救赵

洛阳事变前，肃宗皇上对内依靠两个重臣，一是影子宰相李泌，另一个是实质宰相房琯。房琯自请领兵收复两京失败后，加上永璘王之变①，肃宗皇上感到无奈，问计于李泌：“‘今敌强如此，何时可定？’对曰：‘……今若令李光弼自太原出井陉，郭子仪自冯翊入河东，则思明、忠志不敢离范阳、常山，守忠、乾真不敢离长安，以两军击其四将也，从禄山者，独承庆耳。愿敕子仪勿取华阴，使两京之道通畅，陛下以所征之兵军於扶风，与子仪、光弼互出击之，彼救首则击其尾，救尾则击其首，使贼往来数千里，疲于奔命，我常以逸待劳，贼至则避其锋芒，去则乘其弊，不攻城，不遏路。来春复命建宁为范阳节度大使，并塞北出击，与光弼南北犄角以取范阳，扶其巢穴。贼退则无所归，留则不获安，然后大军四合而攻之，必成擒矣。’上悦。”（《资治通鉴》卷二百一十九）这就是历史上著名的“彭原对策”。

① 永璘王之变，永璘王李璘是唐玄宗第二十三子，安史之乱时任山南东道（今湖北）、岭南道（今中国广西、广东、海南及越南北部）、黔中道（今贵州）和江南西道（今江西、湖南）四道战区司令，公元756年十月自立新政府。

其实，这个所谓的“彭原对策”，是郭子仪、李光弼“常山对策”① 的加强版，是郭子仪、李光弼率军初抵灵武禀报肃宗皇上的战略思路，当时李泌肯定知道，只是史书没有记载。当然，“彭原对策”若得以实施，结果可以想象。尤其是“洛阳事变”，对唐朝廷是一个极为有利的实施“彭原对策”的战略契机。但是，却被肃宗皇上的宠妃张良娣和宦官李辅国谋划了一个“建宁王事件”给搅黄了。起因，还得怪那个影子宰相李泌。

李泌是肃宗皇上在马嵬坡与太上皇分手北上时，派使者前往今河南登封县颍阳镇召唤的。李泌小时候在长安，以才思敏捷得唐玄宗喜爱，誉之神童，让他与长他十岁的忠王李亨一起游玩，长大后唐玄宗欲授之以官，他不做要归隐，要学陶渊明“采菊东篱下，悠然见南山”。其实他和陶渊明都是“小隐于野”，否则何必“悠然见南山”，因为南山下不远就是洛阳和长安，学而优则仕嘛。于是，李泌从肃宗皇上入灵武，出则联舆，寝则对榻，肃宗皇上对他事无大小、言无不从。后李泌又隐又出，先后为相辅助过肃宗、代宗和德宗。

洛阳事变后，肃宗皇上认为二次收复两京的大好时机到了，于是找李泌商议：“上从容谓李泌曰：‘广平王为元帅踰年，欲命建宁专征，又恐势分。立广平王为太子如何?”（《资

① 常山对策，即公元755年11月21日，郭子仪受命“以本军东讨”时与李光弼等朔方军将领研判的战略规划。

治通鉴》卷二百一十九）这本来是一件两全其美的安排，因为年前肃宗皇上欲让建宁王李倓当“天下大元帅”，李泌认为不可，劝肃宗皇上说：“建宁王诚元帅才，然广平，兄也。若建宁功成，岂可使广平为吴太伯乎！”①（《资治通鉴》卷二百一十八）那么这一次肃宗皇上权衡了利弊，让广平王过年当元帅，这次出征收复两京就让建宁王专征，不挂元帅职，但又疑虑广平王会有想法，造成势力分散，不如先立广平王为太子。那么肃宗皇上为什么总拿建宁王说事呢？史书记载：“建宁王倓，性英果，有才略，从上自马嵬坡北行，兵众寡弱，屡逢寇盗，倓自选骁勇，居上前后，血战以卫上。上或过时未食，倓悲泣不自胜，军中皆瞩目向之。”（《资治通鉴》卷二百一十八）所以，肃宗皇上认为这样的人事安排，李泌不会有意见吧，故“从容谓李泌”。李泌倒好，说陛下若问我军事，我必须全力处置，立太子之事，是陛下的家事，应该去征求太上皇的意见，“不然，后代何以辨陛下灵武即位之意邪！此必有人欲令臣与广平有隙耳。”（《资治通鉴》卷二百一十九）接着李泌又反问肃宗皇上，不信陛下就把立太子的事告诉广平王，他未必敢当！这可把肃宗皇上搞糊涂了，心想李泌你究竟是怎么想的，里外都是你的理。而李泌出了门就对广平王说，不是我不同意啊，你自己想想后果。广平王李俶一听还感动地

① 吴太伯，周朝时吴国第一代君主，姬姓。其父为周部落首领时他在兄弟三人中排行老大，父亲传位给了老三季历，于是他避让迁至今江苏，建国勾吴。

说："此先生深知其心，欲曲成其美也。"（《资治通鉴》卷二百一十九）这也不知是不是广平王李俶的心里话。那么这件事倒是有两个人不糊涂，一是肃宗皇上的宠妃张良娣，二是宦官李辅国。他俩皆因为建宁王数于肃宗皇上前诋其罪恶而恨之入骨，张良娣更为了将来自己的孩子能当太子，于是和宦官李辅国抓住此事，诬陷建宁王："倓恨不得为元帅，谋害广平王。"（《资治通鉴》卷二百一十九）结果肃宗皇上大怒，即赐建宁王李倓一死。李泌和广平王李俶闻知皆内惧，李泌又言归隐。哀哉，好端端的人事安排，成也李泌，败也李泌。

朝廷有内难，影响了"彭原对策"的实施。虽然此时，李光弼已在太原大败史思明，郭子仪也在主动出击，准备夺取河东郡（今山西永济市）。

唐肃宗至德二年（公元 757 年）正月二十八日，郭子仪秘密派遣使者潜入河东郡，积极周旋于那些身在曹营心在汉的原朝廷官员，密谋里应外合，夺回河东郡。郭子仪认为，河东郡位于两京之间，若能拿下，就能扼住安庆绪的咽喉，届时可以各个击破。为了实施这一战术，郭子仪先从洛交郡（今陕西富县）率军隐蔽逼近河东郡，然后派一支军队大张旗鼓地攻击冯翊郡（今陕西大荔县），声东击西，取得成功。

二月十一日夜晚，河东郡户籍官韩旻等里应外合，斩杀燕军守敌一千多人，开城门迎郭子仪军，守将崔乾祐跳城逃窜，然后纠集残余负隅顽抗，被郭子仪击败，斩杀四千，俘虏五千；崔乾祐残部又逃往安邑（今山西运城市），百姓开门欢迎，崔乾祐正在庆幸，突然城门关闭，百姓有组织地开始击杀，后继未进城门的残部掉头又逃走。郭子仪同时收复河东郡和冯翊郡，对潼关形成钳形攻击态势。与此同时，李光弼率敢死队出太原城攻击燕军将领蔡希德，又杀敌五万余人，太原保卫战取得胜利。

唐肃宗至德二年（公元757年）二月十日，朝廷从灵武迁至凤翔，以便集结诸军，准备第二次收复两京。此时肃宗皇上借的回纥军也已到达，李泌建议肃宗，还是要实施“彭原对策”，因为回纥兵是从耐寒之地而来，他们怕热，不如让其先攻击燕军的范阳老巢，断了敌军的后路，绝了敌军根本，然后再挥师南下，一举收复两京。肃宗皇上曰：“朕切于晨昏之恋，不能待此决矣。”（《资治通鉴》卷二百一十九）那意思是说，我日夜想念着太上皇，收复两京好迎他回来，所以不能采纳。

肃宗皇上不用李泌策略，执意要收复两京，结果二月十九日，兵部尚书王思礼率军从武功（今陕西今县）出发，向长安攻击前进，安庆绪则派安守忠正面迎击，首先发动攻势，唐军败走，燕军骑兵追至大和关（今陕西潼关以西），距凤翔五十里，朝廷震动，急令郭子仪救驾。郭子仪围魏救赵，没有奔凤翔，而是从河东奔袭潼关。二月二十二日，让他的儿子郭旰（老二）随兵马使李韶光、大将王祚渡河攻破潼关，斩敌五百余人。安庆绪急忙撤回安守忠部驰救潼关，组织反攻，结果唐军败走，兵马使李韶光、大将王祚战死，仆固怀恩抱着马渡过渭水，死里逃生，唐军退回河东。安庆绪认为河东郭子仪始终是心头大患，二月二十三日命安守忠率两万骑兵乘胜攻击河东，郭子仪严阵以待予以痛击，斩敌万余人，解凤翔之围。

凤翔之危即解，肃宗皇上始知郭子仪对朝廷之重要，加封郭子仪为司空（三公之三，崇高的虚职，与六卿相当）、天下兵马副元帅，并命其率军赴凤翔，调整部署，进攻长安。

二、收复两京，唐王朝由卿再造

唐肃宗至德二年（公元 757 年）四月十日，安庆绪闻知郭子仪的大军要出河东赴凤翔，深知其利害关系，即命将领李归仁、安守忠全力阻击。于是围绕郭子仪赴凤翔集结的战斗，在沿途展开。

四月十三日，燕军将领李归仁首先率五千骑兵快速移动至三原（今陕西三原县）北郊进行阻击。郭子仪在移军西进前就预安排大将仆固怀恩、王仲升、浑释之、李若幽等众将在三原留运桥附近设伏，自己亲率大军列阵迎击燕军，待敌军骑兵冲过桥面与郭子仪大军对峙时，郭子仪一马当先冲向敌阵，李归仁一看帅字旗和郭子仪放马过来，认为是唐军主力，遂令全军与之决战。这时预伏的唐军从燕军两翼突然发起攻击，燕军即刻大乱，主将李归仁跳水逃走，全军覆灭。

四月二十九日，郭子仪大军与兵部尚书王思礼在西渭桥（今陕西咸阳西）会师，随即进驻潏水西岸，与燕军将领安守忠、李归仁的驻军对峙七天。

五月六日，燕军将领安守忠利用唐军求进心切的心理，设计故意后退，引郭子仪上钩。郭子仪也的确是想早一天到达凤翔，不能再耽搁了，于是下令全线出击。结果，安守忠精心安排的九千人的敢死队组成一字长蛇阵，待唐军攻其腹部时，首尾顿时变阵为左右两军，前后夹击唐军，唐军大败，将领韩液、监军宦官孙知古被俘。郭子仪急忙令败军后撤到武功固守，唐肃宗凤翔驻跸再次受到威胁，朝廷震动。

五月十七日，绕道到达凤翔的郭子仪前往唐肃宗行宫门前，为渭桥之战败，请求贬官。肃宗皇上贬郭子仪为左仆射（非实质宰相，不参加议政）。这也是平叛以来唐朝大将军中，自求贬官、自省荣辱、勇于担当第一人。

唐肃宗至德二年（公元 757 年）闰八月二十三日，肃宗皇上借的四千回纥精骑兵到达凤翔，准备作为第三次进攻长安的有生力量。肃宗皇上素闻郭子仪与回纥首领曾结拜为兄弟，关系非同一般，而此次借兵成功也是仰仗郭子仪的威信，所以不能让郭子仪再赋闲，此次征讨以广平王李俶为天下兵马大元帅，郭子仪为天下兵马副元帅。临出征前肃宗皇上大摆宴席，为众将士壮行，席间肃宗皇上谓子仪曰：“‘事之济否，在此

行也。’对曰：‘此行不捷，臣必死之。’”（《新唐书》卷一百三十七，郭子仪传）

九月十二日，广平王李俶、郭子仪率朔方军、回纥军、西域军共计十五万兵马从凤翔出征。出发前广平王李俶由父皇肃宗引见怀仁可汗的儿子叶护，也就是回纥军的首领，与其结为兄弟，这一结拜可好，日后唯其所欲。

九月二十七日，东征大军兵临长安西郊的沣水之东（渭水支流）安营扎寨，郭子仪与广平王李俶商议后（时年李俶三十一岁，就是个挂职积军功的），命河西节度副使李嗣业为前军，自己居中军，兵部尚书王思礼殿后，朔方军左兵马使仆固怀恩率回纥骑兵游击机动。同日，燕军安守忠、李归仁这两个郭子仪的老对手，率十万燕军位于沣水之北摆开阵势。这是安史之乱以来，唐军与燕军最大规模的一场决定生死的决战。

战斗一打响，燕军大将李归仁出阵挑战，唐军大将李嗣业将其击败，遂挥前军杀入燕军阵地。燕军即刻变排阵队形，潮水般地将唐军逼着后撤，并乘乱攻击唐军的辎重，唐军顿时混乱。这时李嗣业甩掉盔甲，赤裸上身，横刀阵前，大喝道：“今不以身饵贼，军无孑遗矣。”（《资治通鉴》卷二百二十）于是身先士卒，率士卒手拿长刀，排成长刀阵，像一堵墙一样挺进，前军将领们也随主将都排在士兵的前面，以一当十，奋勇杀敌，杀得燕军血肉横飞。此时郭子仪的中军及时赶到，形成排山倒海之势，勇往直前。都知兵马使王难得，也真是

“难得”的将军，为了救部将，眉骨中箭，皮肉耷拉，他拔出箭，撕掉肉，满脸是血，仍奋战进击，极大地鼓舞了士气。这时有斥候（侦察兵）得到情报，燕军在阵营东面有精锐伏兵，郭子仪即命仆固怀恩率回纥精骑兵突袭斩杀，一个不留，燕军士气大为低落。李嗣业又与回纥骑兵迂回到燕军阵地后方发起攻击，与郭子仪的中军对燕军形成前后夹击，这场决战从中午一直血战到傍晚，燕军损失六万多兵卒，安守忠和李归仁带领残部仓皇逃命，直奔长安。是夜，唐军已攻至长安城下，郭子仪帐下左兵马使仆固怀恩得斥候报告，安守忠、李归仁等可能要突围出城。他立刻请战广平王李俶，说贼兵有放弃长安的企图，到时候请让我带上回纥游骑兵追击，生擒安守忠、李归仁等。广平王李俶已经很满意白天的战果，对仆固怀恩说：“‘将军战亦疲矣，且休息。俟明日图之。’怀恩曰：‘归仁、守忠，贼之骁将，骤胜而败，此天赐我也，奈何纵之！使复得众，还为我患，悔之无及！战尚神速，何明日旦也！’俶固止之，使还营。怀恩固请，往而复返，一夕四五起。迟明，谍至，守忠、归仁与张通儒、田乾真皆已遁矣。”（《资治通鉴》卷二百二十）广平王李俶不谙军事，又不纳怀恩请战，致使长安燕军未能全歼，尤其是放走了燕军骁将安守忠、李归仁，遗患无穷。翌日，唐军浩浩荡荡开进长安城。至此，自去年（公元756年）燕军将领孙孝哲攻入长安，迄今一年零四个月，长安光复。

九月二十八日，长安收复了。回纥亲王要求广平王李俶履行其父肃宗皇上的承诺：“克城之日，土地、士庶归唐，金帛、子女皆归回纥。”（《资治通鉴》卷二百二十）李俶情急之下赶紧拱手行礼，劝说回纥亲王：“今始得西京，若遽俘掠，则东京之人皆为贼固守，不可复取矣，愿至东京乃如约。”（《资治通鉴》卷二百二十）长安算是逃过一劫，百姓感激涕零，但是广平王李俶难道就不爱洛阳的子民吗？唐肃宗李亨、广平王李俶这是拿百姓的身家性命和财产做赌注，可悲啊，大唐沦落到如此地步！

广平王李俶那边放走了穷寇，这边又与回纥亲王做着肮脏的交易，肃宗皇上那边却急忙诏李泌研究如何接回太上皇事宜，而郭子仪却在引兵追击燕军至潼关，杀敌五千，一举攻克华阴（今陕西华县）、弘农（今河南灵宝市）二郡，实乃真正心系大唐天下之良将。

九月二十九日，长安光复的捷报传到了凤翔，文武百官前往行宫朝见祝贺，肃宗皇上百感交集，涕泪纵横，当天就派宦官啖庭瑶前往蜀郡奏报太上皇，准备迎接太上皇回朝。

十月十五日郭子仪大军在新店（今河南三门峡西南）与被追燕军遭遇，燕军凭借山势构筑防御工事，唐军久攻不下，郭子仪就命仆固怀恩率回纥游骑兵绕到燕军背后，边打边喊“回纥人来了”，结果心理攻坚十分奏效，燕军眼见漫山的回纥骑兵，卷土挥刀，矢箭如雨，刹那间燕军十五万人马土崩瓦解，四处逃窜，尸横遍野，郭子仪顺势收复善郡（今河南三门峡市），兵临洛阳。

十月十六日，安庆绪率文武百官乘夜逃出洛阳，逃往黄河以北，行前诛杀所俘唐军将领程千里等三十余人，包括降将哥舒翰。在北逃的途中，安庆绪还寄希望难兄难弟严庄——大燕国的宰相，出谋划策，东山再起，可是没有想到，半道上严庄竟莫名其妙地失踪了，其实是见风使舵去了。

十月十八日，广平王李俶率后军入城，回纥兵团开始大肆抢劫掠夺。郭子仪赶紧请广平王李俶劝阻，李俶一脸忧郁无奈，一筹莫展。郭子仪就亲自动员城内的商贾富户，捐绸缎万匹给回纥官兵，并好言与回纥亲王，浩劫趋于平息。随后，肃宗皇上对回纥王子叶护又是加官晋爵、又是许诺购马、又是规定每年向回纥纳贡绢匹两万，背上了沉重的财政负担，后患无穷。

十月二十一日，郭子仪乘胜追击，分兵攻克了河阳（今河南孟州市）和河内（今河南沁阳市）二郡。也就在当天，郭子仪军中大帐走进了一个诚惶诚恐的燕政府宰相，曾经是安禄山造反的军师严庄，见风使舵，向郭子仪投降，言明自己是戴罪立过功的，指的就是不久前与安庆绪、李猪儿合谋杀了安禄山。郭子仪为求分散贼势，攻心为上，乃请严庄安抚降兵降将。一个月后，严庄摇身一变，成为大唐司农卿，肃宗皇上还真是什么鸟人都能封官，竟与郭子仪等忠臣同朝，可见当时的皇威是何等的扫地。

郭子仪从九月十二日与广平王李俶率军东征，至十月二十一日，与燕军血战三十九天，敌军闻之丧胆，唐军仰之信服，回纥知之仁义，百姓敬之若神，郭子仪终不负皇恩，凯旋而归。

十一月初，广平王李俶、郭子仪班师回朝，肃宗皇上感慨万千，执郭子仪的手曰："吾之家国，由卿再造！"（《资治通鉴》卷二百二十）

子夫诗云：渭水河边饮战马，洛阳城头杖刀匣。大唐由卿再造时，将军皓首已花甲。

第八章　上有戒心，兵柄易手

李光弼（《资治通鉴》卷二百二十）："李光弼以思明终当叛乱，而承恩为思明所亲信，阴使图之；又劝上以承恩为范阳节度副使，赐阿史那承庆铁券，令共图思明，上从之。"

唐肃宗至德二年（公元757年）十二月三日，两京即克，肃宗皇上大张旗鼓地迎回太上皇李隆基，举国欢庆。十二月十五日，肃宗皇上登上大明宫正门的丹凤楼，大赦天下，加封郭子仪司徒，李光弼司空，两人均位列三公（太尉、司徒、司空），官至一品。

一、大势所趋，史思明降唐归顺

两京既被唐军收复，十二月下旬，风声鹤唳的燕帝安庆绪，欲返回范阳老巢重整兵马，卷土再来。可是他素来忌惮史思明的强大，于是派刚任命的宰相阿史那承庆和亲王安守忠借故到范阳借兵，并嘱咐他俩，如果史思明仍然忠于大燕，那就再好不过，否则就伺机杀掉史思明，以绝后患。

此时的史思明，十分沮丧，肃宗皇上大赦天下，却又明言安禄山叛变的同党不在其列。而此刻又闻讯安庆绪派使来借兵，就问节度判官耿仁智如何处之，耿仁智欲言又止。史思明秋毫已察：

“你想说什么？”

“总监察官，你在朝廷位高权重，没有人敢向你说话，今天我愿冒死说一句！”

“言者无罪，你尽管说出你的所虑！”

“总监察官所以效忠安家，不过乃受其凶暴胁迫所致。如今大唐中兴，天子仁慈，何不转祸为福，率众归顺？”

此时，在一旁的将领乌承玼也建议归顺，不能与安庆绪一同灭亡。

史思明同意降唐归顺，但也得有个投名状吧，阿史那承庆和安守忠的到来正是时候。当阿史那承庆和安守忠率五千卫队骑兵到达城外时，史思明动员数万大军出城欢迎。阿史那承庆和安守忠怀疑这是耀武扬威，没有必要搞这么大的阵势，所以令全军止而不前，以观动静。这时，史思明派出使者快马至阵前高喊：“相公、大王远道而来，全军将士无不欢欣。然而边军将士一向畏惧相公的部队，请你们放松一下，好让他们安心。”人在屋檐下，不得不低头。阿史那承庆和安守忠没有办法，只好命令部下卸下武器，赤手空拳地入城。随后史思明置酒席宴请阿史那承庆、安守忠等将官到府内喝酒洗尘，暗中却部署好收缴五千人卫队的兵械，发粮发饷，遣散回家。第二天待阿史那承庆、安守忠等将领酒醒，已然为阶下囚。同时派出将领窦子昂上疏朝廷，愿献出所辖十三郡及其武装八万余人，外加燕朝河东节度使高秀岩所部，归顺大唐。

唐肃宗至德二年（公元 757 年）十二月二十二日，史思明的使臣窦子昂携带降表到达长安觐见肃宗皇上。肃宗大喜，封史思明为归义王，这是大唐开国以来第三个皇族外赐授王（前两个是安禄山、哥舒翰），连郭子仪、李光弼这样的大功臣尚无此殊荣，可谓皇恩浩荡。史思明的七个儿子也都任命了显官要职，同时命史思明为范阳节度使，让其率军讨伐安庆绪。这时的肃宗皇上，感到弥漫的硝烟即将散去，海晏河清的一天即将到来，心情十分舒畅。但是，李光弼却上疏，给肃宗皇上泼了盆凉水。

二、光弼献策，史思明易帜复反

唐肃宗乾元元年（公元 758 年）二月，皇上改年号为“乾元”，顾名思义，元始，亨通，和谐，贞正。肃宗皇上对新的一年充满乐观。此时，也有少数官员认为安史之乱未平，不可盲目乐观。李光弼就是代表人物之一。

李光弼以和史思明在战场数度交锋之经验，判断史思明归顺只是缓兵之计，日后一旦形势有变，定会再反。于是李光弼向肃宗皇上上疏献策，请皇上任命乌承恩为范阳节度副使，带上赐阿史那承庆的铁券（免死牌，此时在押范阳）前往范阳劳军，伺机除掉史思明。之所以选择乌承恩，是因为他的父亲曾是史思明的老上级，对史思明有提携之恩，两京收复后，乌承恩利用这层关系，曾多次安排亲信与史思明沟通，劝其顺天应势，归降朝廷，尤其是连安禄山手下的严庄归降朝廷都封了个司农卿的官职①。此不久前，汴州节度使张镐也曾上疏言史思明不可信，言其人面兽心，难以用恩德感化。加之以肃宗皇上做了十八年“艰难太子”的多疑性格而言，他不可能不同意这个看似良策，实则可能逼反史思明的馊主意，重蹈了杨国忠逼反安禄山之路。

七月上旬，乌承恩到达范阳后，史思明好酒好肉地招待，可是他却用私财私下招募卫士，又经常化装成妇女前往各个军营游说将领。这些事传到史思明的耳中，不由得他不起疑，秘密地安排防范措施。一天夜里，史思明安排乌承恩的儿子去看望他，乌承恩悄悄地告诉儿子，朝廷命我秘密除掉史思明，然后由我来做节度使。这时，早已埋伏在乌承恩床下的两名史思

① 严庄，安禄山的军师，大燕国宰相，与安庆绪、李猪儿合谋杀安禄山，洛阳败走后投降朝廷，肃宗封司农卿，分管农业。

明的死士，持刀从床下翻出，大喝一声“奸贼”，拿下了他们父子。史思明下令搜查乌承恩的行李，搜出铁券和欲策反将领的名单。史思明大怒，说我待你不薄，欲杀之。乌承恩认罪，说这都是李光弼的主意。史思明随即集合部将及左右官员、地方绅士，面向西方大哭曰：“臣以十三万众降朝廷，何负陛下，而欲杀臣？”（《新唐书》卷二百二十五，史思明传）然后当众棒杀乌承恩，上疏报告情形。肃宗皇上急忙派宦官前往范阳，慰谕史思明曰：“此非朝廷与光弼之意，皆承恩所为，杀之甚善。”史思明令判官耿仁智与其僚佐张不矜写表上疏：“陛下不为臣诛光弼，臣当自引兵就太原诛之。”（《新唐书》卷二百二十五，史思明传）耿仁智写好奏章呈史思明过目，然后抄写奏章时把有关刺激的话删掉，有文书报告史思明，得知后史思明令军士乱棒打死耿仁智，遂即再反。先前劝史思明降唐的部将乌承玼趁乱逃到太原，李光弼向肃宗皇上推荐他为石岭军使，此事更加激怒史思明，日后对李光弼睚眦必报。

李光弼给肃宗皇上的献策，促使史思明复反，使得烽火连天的安史之乱又延长了数年……

子夫诗云：翻手覆云安史乱，君臣将相多猜忌。可叹思明有二心，不知光弼图之计。

郭子仪（《资治通鉴》卷二百二十）：“庚寅，命朔方郭子仪、淮西鲁炅、兴平李奂、滑濮许叔冀、镇西·北庭李嗣业、郑蔡季广琛、河南崔光远七节度使

> 及平卢兵马使董秦将步骑二十万讨庆绪。又命河东李光弼、关内·泽潞王思礼二节度使将所部兵助之。上以子仪、光弼皆元勋，难相统属，故不置元帅，但以宦官开府仪同三司鱼朝恩为观军容宣慰处置使。观军容之名自此始。”

唐肃宗乾元元年（公元 758 年）八月十一日，郭子仪、李光弼先后入朝觐见，肃宗皇上加授郭子仪中书令（最高立法官），加授李光弼侍中（最高监督官），又一次在两人之间搞平衡，实则是担心尾大不掉。

一、肃宗多疑，大战岂军中无帅

此前，两京尚未收复时，肃宗皇上曾问影子宰相李泌：“‘今郭子仪、李光弼已为宰相，若克两京，平四海，则无官以赏之，奈何？’对曰：‘……夫以官赏功有二害，非才则废事，权重则难制。……为今之计，俟天下既平，莫若疏爵土以赏功臣，则虽大国，不过二三百里，可比今之小郡，岂难制哉！”（《资治通鉴》卷二百一十九）可见，肃宗皇上之戒心，素来已久。

唐肃宗乾元元年（公元 758 年）九月初，燕帝安庆绪把邺郡作为新的都城（今河南安阳市），拥有七郡六十城。他招兵买马，充至六万，再度振作。九月二十一日，肃宗皇上组织九个战区的节度使，将兵马二十万，准备讨伐龟居在邺城的安庆绪，后来陆续参战兵马达六十万。但如此大的战役，又是多路兵马协同作战，肃宗皇上竟然不设主帅，原因也令后来的史学家费解，“上以子仪、光弼皆元勋，难相统属，故不置元帅，但以宦官开府仪同三司鱼朝恩为观军容宣慰处置使。”既然如此，何不让广平王李俶挂帅，弄个宦官名曰“观军容”，任命后边还加上了个“宣慰处置使”。其实原因很简单：

一是张皇后生兴王李佋才三岁，打算夺嫡，让李佋当太子，肃宗皇上犹豫不决，闲来曾询问考功郎中李揆：“‘成王长，且有功，朕欲立为太子，卿意如何?’揆再拜贺曰：‘此社稷之福，臣不胜大庆。’”（《资治通鉴》卷二百二十）肃宗皇上遂于五月十九日立太子李俶。

二是肃宗皇上春秋不好，肾亏久虚，太子妃张良娣、宦官李辅国怀恨于太子，而肃宗皇上素知后宫弄权诡异，不希望太子有闪失。

三是忌惮郭子仪、李光弼功高盖主，派宦官鱼朝恩这个第三方监军，也算不得罪人。

可是肃宗皇上算计不到的是，家有千口、主持一人，鱼朝恩这个“宣慰处置使”，让众将领不置可否，结果只能是群龙无首，酿成大祸。

无论如何，郭子仪仍然是召之即来，来之即战，忠于职守。十月六日，九路讨伐大军中，郭子仪领朔方军及仆固怀恩率领的回纥三千铁骑①，渡过黄河，率先出战，向东攻击获嘉（今河南获嘉县），大破燕军安太清所部，斩敌四千，俘虏五百，追击残敌至卫州（今河南卫辉市），与鲁炅、季广琛、崔光远所部会师，围住卫州，逼近邺城。

十月七日，郭子仪派使节向朝廷报告首战告捷的佳音，肃宗皇上大慰。同日，安庆绪征调邺城兵马七万，御驾中军，赶来救援。郭子仪提前部署了围点打援的战术，埋伏三千神射手于营垒墙内，命令说，我如果后退，敌军必然追赶，那时你们就跳上营垒，边射箭边呐喊。不久和安庆绪接战，果如郭子仪所料，燕军蜂拥而追击，此时突然天降箭雨，四面楚歌地呐喊，安庆绪大呼中计，燕军慌忙后退，阵脚大乱，一败涂地。郭子仪军生擒安庆绪之弟安庆和，当众予以斩首，遂克卫州，追敌于邺城城下。安庆绪又集结残部，在愁思冈（今河南安阳西南）反击，又被联军打败，斩杀三万余敌。安庆绪率军退至邺城内，并急切派原相州刺史薛嵩②前往范阳求救，许诺以皇帝宝座相让史思明。

这连续几仗虽然不是郭子仪亲自统领指挥，但各路军马均以朔方军马首是瞻，方连连得胜。此时，鱼朝恩这个“观军容”还没有到位。

---

① 三千铁骑，邺城之战前，回纥派公爵骨啜、帝德率精锐骑兵助唐朝讨伐安庆绪，唐肃宗命朔方军左武锋使仆固怀恩统御。

② 薛嵩，薛仁贵之孙，因不满朝廷，安史之乱时投叛军，被封为邺郡节度使。

十月十三日，史思明亲率范阳兵马十三万，准备南下救安庆绪，但是河北沿途多有唐军，大部分郡县业已归唐，不敢长驱直入，于是派先锋李归仁率一万骑兵先期赶至滏阳（今河北磁县）安营扎寨，遥作呼应。此时，唐军九路大军皆已到位，并开始分兵攻取周围各郡县，以扫清邺城外围之敌。

二、邺城兵败，郭子仪引咎辞帅

唐肃宗乾元元年（公元 758 年）十一月，九路节度使之一的河南节度使崔光远，为了扫清外围之敌，从自己围攻邺城防地汴州（今河南开封市）出兵，远攻东北方向的魏州（今河北大名县），取得胜利。而此时史思明分兵三路南下，一路向今河北的邢台、永年攻击，一路向今河北的冀县、清河攻击，一路向崔光远攻拔的魏州攻击。十二月二十九日，史思明攻陷魏州，杀崔光远所部及城内百姓三万多人。

几日后，唐肃宗乾元二年（公元 759 年）正月初一，史思明在魏州城自立为大燕王，按兵不动。李光弼此时建议鱼朝恩：“‘史思明得魏州，而按兵不动，此纵使我懈惰，而精锐掩吾不备也。请与朔方军同逼魏城，求与之战。彼惩嘉山之败，必不敢轻出，将旷日引久，则邺城必拔矣。安庆绪死，彼则无辞以用其众也。’鱼朝恩以为不可，乃止。”（《资治通鉴》卷二百二十一）可惜了，李光弼此用兵之策可谓一箭三雕：

一则围点打援，挫其锐气，阻其南下，耗其资源，若能败之，其巢危机，必使回归；

二则两支劲旅，千里拒敌，围困挑战，惮其心理，久而久之，邺城之敌，歼之有时；

三则邺城城破，庆绪被杀，思明不援，责之难当，众叛亲离，不战而胜。

九路节度使自唐肃宗乾元元年（公元 758 年）十月围攻邺城，至翌年二月久攻不下。鱼朝恩无计可施，又不懂得用兵，干着急。郭子仪就与各节度使商议，在邺城外再营垒两层，挖壕沟三处，使邺城密不透风，然后堵截漳河，形成堰塞湖，决堤灌城。适时，城中安庆绪期待史思明救援已数月，粮草已绝，鼠值四千，又遭大水灌之，将士百姓苦不堪言，人心思逃，且无路可走。然而，这种久攻不下的情形也是一把双刃剑，唐军也面临着粮尽财竭的困难，更有甚者是军无统帅，各自为政，军心涣散。那么，史思明近五个月不来驰援，坐山观虎斗，等的就是李光弼预言的“史思明得魏州，而按兵不动，此纵使我懈惰，而精锐掩吾不备也”。尤其是唐肃宗的一着臭棋——用鱼朝恩，着实帮了史思明大忙。

唐肃宗乾元二年（公元 759 年）三月，史思明感到时机成熟，亲率大军抵近邺城，摆出决一死战的态势，并派军使向唐军下战书。观军容宣慰处置使鱼朝恩一看，你史思明区区十万人马就想与我六十万大军决战，是找死！大部分唐军将领也认为此战必胜，顿生轻敌之意。于是约定：三月六日在安阳河北岸决战。

三月六日，史思明亲率五万铁骑应战。此刻唐军的阵局是：镇西北庭节度使李嗣业军为左翼，郑蔡节度使季广琛军为右翼，河东节度使李光弼军、泽潞节度使王思礼和淮西节度使鲁炅军为中军，朔方节度使郭子仪军承后。史思明一看这阵势就明白了，中路军虽有李光弼劲旅，可是左右都不见郭子仪军，而且猎猎战旗中没有“帅”字旗，皆是板块对接，只要中央突破，唐军定乱，可乱中求胜，攻入城中。于是史思明一马当先，万马奔腾，与李光弼、王思礼、鲁炅正面交锋，双方混战，死伤过半，混战中淮西节度使鲁炅中箭负伤，仓皇率部后撤，唐军一下阵脚大乱，潮水般地涌向后军郭子仪部。就在此时，天公不作美，大风骤起，飞沙走石，天地昼晦，咫尺不辨敌我，两军大惊，贼军溃北而逃，唐军溃南而去，“……弃甲仗辎重委积於路。子仪以朔方军断河阳桥保东京。”（《资治通鉴》卷二百二十一）大风刮了半天方停，诸节度使各溃归本镇，邺城之战，唐军大败，“战马万匹，惟存三千，甲仗十万，遗弃殆尽。”（《资治通鉴》卷二百二十一）

邺城之败，有的史学家认为是郭子仪的后军先逃，致使全军大乱，依据是《资治通鉴》卷二百二十一《考异》中的载注：“《汾志》曰：史思明自称燕王。牙前兵马使吴思礼曰：思明果反，盖蕃将也，安肯尽节于国家？因目左武锋使仆固怀恩。怀恩色变，阴恨之。三月六日，史思明轻兵抵相州，郭公率诸军御之，战于万金驿，贼分马军并滏而西，郭公使仆固怀恩以蕃浑马军邀击，破之，还遇吴思礼于阵，射杀之，呼曰：吴思礼阵没。其夕收军。郭公疑怀恩为变，遂脱身先去。诸军相继，溃于城下。”这段《考异》记载，并非正史记载，而是附录。《资治通鉴》卷二百二十一中的叙述是“郭子仪承其后，未及布阵，大风忽起……”。

那么，根据史书的记载，九大节度使溃败时，只有郭子仪还保持清醒，他担心史思明会趁势南下攻取洛阳，于是“子仪以朔方军断河阳桥保东京”（《资治通鉴》卷二百二十一）。这场邺城之败，有天灾，更是人祸。假如由郭子仪挂帅指挥，历史将会改写。然而，历史没有假如……

邺城之战，朝廷大张旗鼓地开战，却黯然失色地收场，且助长了史思明的嚣张气焰，使其成为安史之乱的主角，给刚刚恢复元气的朝廷予以重创。肃宗皇上始料未及，百官失望之极，谁来担责呢？观军容使鱼朝恩，百般诋毁，认为郭子仪身为天下兵马副元帅，难辞其咎。郭子仪在朝堂上不解释、不辩解、不推诿，主动承担责任，请辞天下兵马副元帅！肃宗皇上也毫不犹豫地准辞，并立马任命李光弼接替朔方节度使且担任天下兵马元帅。李光弼也识趣，谨慎地建议肃宗皇上，还是派个亲王担当主帅，自己当个副的。他心里明白，郭子仪功高盖世尚且如此，下一个可能就轮到自已。

郭子仪素以宽厚服众，深得朔方将士爱戴。离京的那一天，朔方将士无不涕泣，途中拦阻，请老帅留下。郭子仪也十分不忍，哄骗说，我今天还要为一个离京的朋友送行，暂时还不走。将士们信以为真，让开通道，郭子仪扬鞭催马，绝尘而去……

子夫诗云：天子招来又呼去，猎猎旌旗为谁驱。自古猛士多倚重，唯有子仪不意气。

第九章　三军易帅，攻守河阳

李光弼（《资治通鉴》卷二百二十一）："光弼以河东骑五百驰赴东都，夜，入其军。光弼治军严整，始至，号令一施，士卒、壁垒、旌旗、精彩皆变。是时朔方将士乐子仪之宽，惮光弼之严。"

河阳古城，位于今天河南孟州市黄河北岸，大唐时是东京洛阳的北大门。邺城兵溃时，郭子仪第一时间就是断河阳桥保卫东京安全。史思明北逃至沙河（今河北沙河市）后，确定唐军九个节度使都各回自己的防御区，就集结部队折回邺城城南扎营，伺机进攻河阳，夺回东京。

一、乐见子仪之宽，惮忌光弼之严

唐肃宗乾元二年（公元 759 年）七月，郭子仪辞官后，河阳由其部将都虞候（朔方军总纠察官）、左厢兵马使张用济和都知兵马使（留守司令官）仆固怀恩率朔方军防守。李光弼接替郭子仪任朔方节度使后，恐朔方军有变，遂即率五百名河东骑兵乘夜悄悄进入东京洛阳，第二天就来了个下马威，发布道道命令：士卒再树精神；营垒重新布局；旌旗换印“李”字；处处严字当头，军容焕然大变。当时，朔方军习惯了郭子仪带兵宽松的氛围，今天面对李光弼的严厉作风，都心有畏惧。数日整顿后，李光弼即命张用济自河阳到东京洛阳进见。张用济召集部将说：“朔方，非叛军也，乘夜而入，何见疑之甚邪！”（《资治通鉴》卷二百二十一）那意思是说，朔方军不是叛军，你李光弼却乘黑夜闯进总部，为什么如此猜忌！众将领都不服，张用济就与之合谋，计划率精锐部队突击东京洛阳，赶走李光弼，让皇上请郭子仪回来主事。故命兵将披甲上马，马口衔木条，以防动静，随时出发。仆固怀恩得知后，急忙制止，劝说道：“邺城之溃，郭公先走，朝廷责帅，故罢其兵柄。今逐李公而强请之，是反也，其可乎？”（《资治通鉴》卷二百二十一）这时左武锋使康元宝也劝张用济说，你们用兵请郭公回来，朝廷必会怀疑是郭公指使，会满门抄斩郭公家百余口的，你这样做，是郭公家人有负于你吗？如此，张用济作罢。李光弼得知此事后，又闻之史思明将渡河南犯，于是率数千骑兵到虎牢关（今河南荥阳市汜水镇）严阵以待，并命河阳诸将率兵前来听令。

张用济、仆固怀恩率朔方军到达虎牢关后，张用济担心李光弼疑心，就单枪匹马前去进见，仆固怀恩劝其带上卫队，张用济没有听劝，心想，你李光弼不就带来数千兵马，朔方军几万人呢，奈我如何！可是他没有想到，进入李光弼的大帐，二话没有说，李光弼就着将士把他绑了，责罪是他没有奉令即行，遂即将他斩首。仆固怀恩随后赶到，却事先安排五百骑兵至帐门外警戒，然后入帐进见李光弼。李光弼先招待他就座，这时有部将进来附耳告诉李光弼，帐外有五百骑兵，李光弼大惊。仆固怀恩佯装无事出帐，把部将叫进来，故意责备道："'语汝勿来，何得固违！'光弼曰：'士卒随将，亦复何罪！'命给牛酒。"（《资治通鉴》卷二百二十一）心思缜密的仆固怀恩，化解了"项庄舞剑"的危机，使李光弼不得不另眼相待，"盖以怀恩从郭子仪为前锋，勇冠三军，前后战功居多，故赏之。是亦光弼欲以安抚之也。由是观之，光弼代统朔方军，已甚费周折矣。"（《新唐书》卷一百三十六，李光弼传）不久，朝廷任命仆固怀恩为朔方节度副使，兼太常卿（宗族祭祀的长官，正三品），晋爵大宁郡王。

二、思明蓄锐南下，光弼避其锋芒

邺城之战唐军溃撤后，安庆绪得以喘息，又收集了唐军留下的粮食六七万石，于是紧关城门再抗拒史思明。各将领均表示反对，他们认为史思明远道而来，虽然没有和陛下主动联系，也没有南下，是在观察唐军下一步的动静，陛下应该派使臣前往表示欢迎。安庆绪固执，说谁愿意去就去。宰相张通儒、中书侍郎高尚等就自行前往，受到史思明热情接待，馈赠厚重礼物，礼送他们回邺城。三天后，史思明秘密召唤安太清，让他诱使安庆绪。安庆绪知道大势已去，就派安太清携带写给史思明的信，许诺放弃皇位，向史思明称臣，只要史思明的部队卸甲入城，他就献上玉玺。史思明心里明镜似的，安庆绪那套鬼把戏还嫩了点，也不看看自己还有多少军马，现在是谁的屁股大，谁坐江山。于是史思明故意当着使臣的面，让众将士山呼皇帝万岁，并修书一封，请使臣带回，言自己千里赶来就是勤王的，怎敢有二心，愿恭迎陛下到自己的大营共商讨伐肃宗之计。安庆绪看完信后大为高兴，又派使臣往来，要与史思明歃血结为兄弟，史思明同意。于是安庆绪带三百护卫前往史思明大营，满心欢喜地去结盟，结果被史思明以“替太上皇讨伐叛逆”为由，斩杀于辕门外，抢班夺权成功。

唐肃宗乾元二年（公元 759 年）四月十日，史思明自称大燕皇帝，改年号“顺天”，开始积极筹备南下夺回东京洛阳的战略谋划。九月初，史思明得知郭子仪被罢官，李光弼领军东京洛阳，认为报仇的时机已到，遂起兵三路，大举南征，于九月下旬渡过黄河，约定会师汴州（今河南开封市）。李光弼闻讯后，立刻赶往汴州部署防御。李光弼告诉汴滑节度使许叔冀，只要你坚守汴州十五天，不要出战，我就会率大军前来支援。许叔冀拍着胸脯向李光弼保证，一定会坚守到将军的到来。可是等李光弼返回东京调兵遣将准备前去驰援，许叔冀却骄兵出战史思明，战败投降，史思明乘胜攻击郑州，李光弼为避其锋芒率部有序后撤，抵达东京洛阳后，与部将商议，洛阳无险可守，应退居河阳，与泽潞节度使防区相互依托，情势有利就出击抗敌，不利就固守河阳，待敌消耗疲倦再攻击，若如猿猴之长臂，伸缩自如。判官韦损质疑此方略，"'东京帝宅，侍中奈何不守？'光弼曰：'守之，则汜水、崿岭、龙门皆应置兵，子为兵马判官，能守之呼？'"（《资治通鉴》卷二百二十一）随后李光弼用正式文牒通知判官韦损，率东京洛阳官属西入潼关，自己则率将士将东京洛阳城内的战略物资悉数转移至河阳，做持久固守之备。当李光弼亲率殿后的五百骑兵刚要撤离东京洛阳，史思明的游骑兵就已到达东京洛阳东北的石桥。此时日暮，将士们请示，是从城北出还是走石桥进，李光弼分析，之所以是游骑兵，说明史思明的大军还有一段距离，且拿不准我们出城的方向，就迎着游骑兵攻击前进。结果史思明的游骑兵不敢靠近，只得尾随，至夜晚李光弼进河阳城，有兵两万，粮草可支撑十天，将士按部署各就各位，闭门守关，枕戈待旦。

九月二十七日，正如李光弼判断的那样，史思明进入空城洛阳，见无险可守，又害怕李光弼封其后路，不敢夜宿宫中，退至白马寺驻屯。

李光弼导演的这出排众议、撤东京、守河阳的大戏，不仅仅是战略考虑，也是政治上的兼顾。想当年封常清、高仙芝一下子从洛阳退守潼关，丧地五百里，京城震撼，奸臣弄权，死无葬身之地，前车之鉴啊！所以，在河阳拥关据之，一旦失守，尚有潼关再拒，节节在抵抗，届时皇上可见光弼用心竭力了……

三、攻守河阳一载，燕军元气大伤

唐肃宗乾元二年（公元 759 年）十月四日，肃宗皇上闻报叛军史思明进占东京洛阳、逼近河阳，下诏要御驾亲征，文武百官上疏劝阻。其实肃宗皇上病恹恹的也无法亲征，只是自大唐开国以来，每遇边患危机，皇帝都要御驾亲征，所以也要有个姿态，激励将士。

十月五日，燕军史思明开始攻击河阳。李光弼可以说是史思明的死对头、克星。双方都知道各自的交战套路，史思明擅长野战，千方百计要引李光弼出城交战；李光弼擅长防守反击，谋定而动去敲打燕军。史书记载了以下几个经典战例：

其一，“史思明引兵攻河阳，使骁将刘龙仙诣城下挑战。龙仙恃勇，举右足加马鬣上，谩骂光弼。……”（《资治通鉴》卷二百二十一）史思明手下的将领刘龙仙，自恃骁勇，三番五次出阵挑战，常常骑在马上，把右脚搭在马脖子上，不停地叫骂李光弼，傲慢至极。李光弼手下将士多看不入眼，恨不得冲出去扇他的大耳光。李光弼不温不火，等他骂了几天没脾气了，就问左右：

“谁能下去拿下他的项上人头？”

朔方节度副使仆固怀恩上前请战，李光弼摇头说：

“杀鸡焉用牛刀，这不是大将该干的。”

左右推荐偏将白孝德，李光弼就让他前来问道：

“你要带多少人？”

“在下一人便可！”

“还是带上五十个骑兵做后援，我请擂鼓为将军助威！”

白孝德跨马提枪，冲出城门，策马于河的浅处而过，威风凛凛地横枪与刘龙仙对阵。刘龙仙一看白孝德单枪匹马，根本没有把他放在眼里，拍马上前迎战，准备来个下马威。可是白孝德向他摆摆手，缓缓地靠近，不像是来打斗，倒像是要叙家常。刘龙仙满腹狐疑，有点晕。

这时城楼上的仆固怀恩对李光弼说：

“白将军赢定了！”

“还没有交手，你就这么肯定？”

“副帅，你看他骑马横枪、气定神闲的样子，就知胸有成竹了！”

果不其然，当白孝德靠近刘龙仙时，突然变脸，怒目圆瞪，大吼一声：“叛贼，尔等可识得我？”刘龙仙还想耐着性子看对手有什么花样要耍，听得一声大吼，一愣神，白孝德提枪夹马冲刺过来，刘龙仙转身就逃，结果白孝德奋力投枪，穿胸而过，然后手起刀落，取其首级，干脆利落，策马回城，顿时城楼欢声雷动，鼓响震天，史思明及众将领还没有缓过神儿，刘龙仙已“龙首”“仙身”分离，白孝德则得胜还城。

其二，“思明有良马千余匹，每日出於河南渚浴之，循环不休以示多。光弼命索军中牝马，得五百匹，系其驹於城内。……”（《资治通鉴》卷二百二十一）史思明有一千多匹骏马，为了向城内的唐军秀肌肉，他就命士兵每天一批一批地轮流拉到黄河南岸的沙洲上刷洗，还特别交代，一定要选公马，体现战马的精良，以挫唐军的士气。李光弼观察了好几天，天天如此，于是他也命士兵挑选五百匹母马，把马驹与之分开留在厩内，然后分批牵到黄河北岸刷洗。母马思恋孩子，不断地嘶鸣呼唤，对岸的公马以为在叫春，纷纷过河来相亲，唐军就来个顺手牵马，大获而归。史思明怒失良马，列战船百艘，由几十艘火船先导，战船随其后，顺水而下，准备冲击唐军架设的浮桥，切断河阳三城（北城、中潬城和南城）之间的联系，然后分而取之。李光弼事先准备了数百根丈十的长杆，固定在浮桥的木桩上，长杆尖端是裹着毛毡的铁叉，当燕军的火船至就被叉住，顿时玩火自焚，又引燃后续的船。这时，唐军再用抛石机将巨石抛出砸向敌乱作一团的战船，被击中者大部分沉没，燕军只好退却。史思明真是赔了马匹又折船，又懊恼，又无奈。

其三，“思明见兵於河清，欲绝光弼粮道，光弼军于野水渡以备之。……”资治通鉴八卷二百二十一史思明在河清（河阳以西，黄河北岸）领兵查看地形，准备截断李光弼的粮食供应通道。李光弼得知后，大张旗鼓住进野水渡（今河南孟津县北黄河渡口）。史思明闻讯大喜，李光弼不敢野战，今夜偷袭必擒之。于是命令骁将高廷晖、李日越至夜以铁骑渡河攻击，而且告诉他俩，擒不到李光弼，就杀了你们俩！当天晚上，李光弼北返河阳前，只留下千人的队伍，命部将雍希颢等留守营寨，吩咐道：“盗贼里的高廷晖、李日越和喻问景，都是能敌万人的猛将，我算准史思明定会派其中一人来擒我。我现在就回河阳，你在这里守着，如果敌人来，不要和他们接触，等他们投降，就把他们押回河阳。”众将不知副帅说什么，摸不着头脑，嗤嗤暗笑，做梦呢吧！果不其然，凌晨高廷晖、李日越率兵围住野水渡，唐军守栅者一看就笑：“果如司空（李光弼官司空）所料！”然后躲在壕沟里又说、又笑、又吹口哨，弄得高廷晖、李日越一头雾水，觉得怪怪的，就大声问道：

“唉，司空在吗？”

“司空夜里已回河阳了。”

“那你们这里还有多少兵马，守将是谁呀？”

“我们不到一千人，守将是雍希颢。”

高廷晖与李日越哥俩儿一合计，抓不住李光弼回去就是个死，不如降了李光弼，朝廷如今势盛，大势所趋。李日越说哥们，要不我先去探探路，合适就降了。雍希颢就先引李日越至河阳见李光弼，李光弼厚以待之，收为心腹。紧接着高廷晖也率部来降。日后由李光弼保荐，李日越官至右金吾大将军，连升三级，高廷晖官至右武卫大将军，正三品。史思明的如意算盘又错了，自叹技不如人啊！

其四，“思明复攻河阳，光弼谓郑陈节度使李抱玉曰：‘将军能为我守南城二日乎？’抱玉曰：‘过期如何？’光弼曰：‘过期救不至，任弃之。’抱玉许诺，勒兵据守。”（《资治通鉴》卷二百二十一）李抱玉不知，这是李光弼用的激将法，于是抱死守城。当日，燕军攻击猛烈，城墙多处撕开口子，反复争夺。李抱玉担心守不住，心生一计，就对着燕军喊话：“我们的粮食没有了，明天就投降。”燕军攻城将领一听很高兴，即刻停止攻击。李抱玉乘夜赶紧率兵士加固城墙，让大家抓紧时间休息，告诉大家，再坚持一天副帅就会派兵增援，大家信心倍增。第二天史思明在城下等了半天，就是不见城头竖起降旗，知道中了缓兵之计，气得下达攻城死命令。李抱玉一看燕军攻势明显强于昨天，且天色近晚，援军快到，就放开手脚，改守为攻，派出一支精锐骑兵绕到敌后，让他们边冲边喊“援军到了”，结果燕军大惧，自乱阵脚，李抱玉见时机已到，亲率城内守军冲出，前后夹击，燕军溃败而逃。

史思明看一时半会儿是拿不下南城了，就调转兵马攻击中潬城。李光弼亲率大军守中潬城，因为该城虽说是城，不过是座羊马城，城墙不过人肩，城外置栅栏，充其量是座军营，是河阳三城中最薄弱的。为了加强防守，战前李光弼就准备了三道防线：城外栅栏，栏外壕沟，内据羊马墙。战术上采取利用三道防线，梯次迎战燕军，消耗其有生兵力，待其攻击势弱，即刻防守反击。十月十二日，燕军将领周挚舍南城集中兵力攻中潬，李光弼按事先部署好的在城东北角竖起帅字旗，开始用小三角旗指挥，命将领荔非元礼率精锐部队从羊马城迎击。周挚在史思明的督战下，用土工作业，分三路填沟砍栅，开道前进。这时荔非元礼却按兵不动，李光弼派人质问，荔非元礼反问道：

“司空是打算退守，还是应战？”

“当然是打算应战，没有看见我挥旗吗？”

“那好，既然是应战，贼替我们填沟砍栅铺平道路，让他们耗尽体力，为什么要阻止？”

“说得好，我怎么没有想到，你小心应对！”

荔非元礼待敌军平沟倒栅，开出通道后，即刻率敢死队突然发起攻击。敌军未料到唐军竟敢弃守进攻，急忙退却数百步，重新集结，力战不退。荔非元礼也没有想到敌军能很快稳住阵脚，就命令部队后退至羊马城，待敌怠惰时再发起攻击。李光弼一看大怒，急挥进攻令旗不灵，遂派侍从前去召唤，打算来了就斩首，杀鸡给猴看。荔非元礼正在指挥部队且战且退，没有工夫搭理，一句话："战斗正在节骨眼上，叫我过去干什么!"把侍从顶了回去，遂率部队退守羊马城。燕军一看唐军退而不乱，不敢进逼，僵持了很久，待燕军松懈后，荔非元礼又率敢死队再度出击，大败周挚燕军。史思明又派援军会合周挚，转而去攻北城。试想一下，如果荔非元礼因将在外军令有所不受而被斩首，羊马城破，河阳三城亦破矣!

其五，"周挚复收兵取北城。光弼遽率众入北城，登城望贼曰：'贼兵虽多，嚣而不整，不足畏也。不过日中，保为诸君破之。'"（《资治通鉴》卷二百二十一）李光弼吸取了羊马城之战的教训，改变了令旗的命令。他让部将郝廷玉率三百骑兵去城西北角，论惟贞率二百骑兵去东南角，下令说："你们遵照我的旗令，缓慢挥动时，你们自己判断战情；急剧挥动且三次触地时，就全线出击，深入敌阵，勇往直前，后退者斩!"说着取出匕首，插到靴子里，嘱咐左右，我是朝廷三公，若危险便自杀以谢皇上知遇之恩，不可以死在贼盗手里，也不会让各位独死。李光弼这一举动用意十分明显，那就是只要听我的，"不过日中，保为诸君破之。"反之，大家都性命难保，不是贼杀，就是退斩，或自杀，横竖都是死，不如置死地而后生。于是，李光弼令旗一挥，众将士即冲入敌阵，拼死厮杀。片刻，郝廷玉脱离战场跑回城下，李光弼即令督战队取其首级，郝廷玉大喊："马中箭了，不是后退!"说着换上坐骑又提刀杀入敌阵。稍后，仆固怀恩和他的儿子仆固玚（开府仪同三司，文散官一级，从一品）在贼兵的逼迫下，正节节后退，李光弼又令督战队挥着大刀去斩首，父子俩一见，翻身又杀入敌阵。这时，三军见李光弼令旗三碰触地，呼声震天，拼命进击，燕军大败，全线崩溃，被唐军杀死一千，俘虏五百，驱逐至黄河淹死一千余人，生擒燕军大将徐璜玉、李秦授，燕军河南战区司令官安太清率残部逃到怀州（今河南焦作市）。史思明此时还不知城北周挚大败，还在攻南城，与唐军将领李抱玉血战，闻败讯不敢相信，李光弼就把一千多俘虏押至黄河边，史思明一看，长叹一声：既生明、何生弼，大势去也，不得不撤走城南围兵。

李光弼以此战之功，肃宗皇上加封太尉。

子夫诗云：五百轻骑夜入城，难料朔方军中忿。帅字旗下聚忠义，光弼戏战已黄昏。

第十章 宦官弄权，兵败邙山

李光弼（《资治通鉴》卷二百二十二）：“或言：‘洛中将士皆燕人，久戍思归，上下离心，击之，可破也。’陕州观军容使鱼朝恩以为信然，屡言於上，上敕李光弼等进取东京。”

唐肃宗上元元年（公元 760 年）四月，肃宗皇上下诏改年号上元。从唐肃宗乾元二年十月至肃宗上元元年二月（四月前是乾元三年，改年号从年初算起），一年零四个月的河阳攻守战，李光弼把史思明死磕得是一点儿招也没有。史思明久攻不下河阳，就想绕过河阳，攻陕郡（今河南三门峡西），夺潼关，取长安。

一、乘胜追击，李光弼力拔怀州

唐肃宗上元元年（公元 760 年）正月十九日，肃宗皇上加授李光弼太尉（三公之首），兼中书令，现有的官职不变。正月二十六日，肃宗皇上再任命郭子仪兼渭北（今陕西富县）战区和邠宁（今陕西彬县）战区节度使，但仍留京师，并不到职，只是利用其威名远播镇抚。历史此刻想说明什么呢？

一是肃宗皇上挺红李光弼，依靠李光弼，就像当年依赖郭子仪，控制一个功高盖世的将军比两个都控制容易些，还是猜忌作祟。

二是肃宗皇上给退居二线的功高盖世的郭子仪以虚职，利用他的威名远播镇抚，也好牵制李光弼，不要做大，再来个安禄山，也是自相矛盾的心理。

三是木秀于林，新的一年整个中原大地就剩下李光弼和史思明在历史舞台上唱“二人转”，给了宦官鱼朝恩乘隙弄权的机会。

接下来的历史将证明上述假说。

唐肃宗上元元年（公元 760 年）二月，李光弼率兵攻击怀州（今河南焦作市）。之前，即唐肃宗乾元二年（公元 759 年）年末，史思明兵败河阳不久，就派大将李归仁率铁骑五千悄悄西行，准备绕过河阳突袭陕郡（今河南三门峡市），进而攻击潼关。唐军神策兵马使卫伯玉，事先得到了李光弼的提醒和连环计，诱敌进入埋伏好的山谷，以数百骑兵突然冲击，在礓子坡大败李归仁。李归仁一看偷袭陕郡受阻，就急忙原路退回，李光弼早就算计好，已派部将董秦率骑兵设伏截击，又大败李归仁于永宁（今河南洛宁县北），并乘胜追击至沙栅（今河南洛宁县西）再败之。史思明一看西进不成，又琢磨得打通北归范阳老巢之路，不能被李光弼困死在东京洛阳。所以，李光弼率兵攻击怀州，意图也十分明显，就是切断燕军回归之路，进而在无险可守的东京洛阳全歼史思明。

李光弼乘李归仁一败再败的契机，留下部分兵力守河阳，亲率大军实施战略反攻，剑锋直指安太清据守的怀州。史思明闻讯，也亲率大军救援。史思明非常清楚，怀州与东京洛阳就隔着条黄河，怀州不保则北归范阳路绝，唐军再挥师南下，合河阳之兵则东京洛阳危矣。而李光弼也算计史思明必然驰援，二月十一日，就在沁水（今山西中条山东北）之岸设伏，打了史思明一个措手不及，死伤三千余人，围住怀州。三月二十三日，守将安太清被围困一个月了，实在憋不住出城应战，被李光弼击溃，退回怀州城。此时李光弼也担心史思明会围魏救赵，在大军继续围攻怀州的同时，悄悄率主力回至河阳，以备史思明乘怀州被困之际，偷袭河阳。果不其然，史思明兵败沁水后，疑兵掩护，于四月二日偷渡黄河及半，就被李光弼大军围上，史思明背水之战大败，又恐李光弼乘势南下攻击东京洛阳，于是急忙退回东京洛阳，不敢再轻举妄动。至六月底，史思明再度亲率大军，欲出郑州渡黄河迂回救怀州，又被李光弼安排的平卢兵马使田神功乘夜突袭，渡船大部被烧毁，不得不又退回东京洛阳。同年冬天，李光弼再度增兵强攻怀州，终于力拔，生擒燕军守将安太清，历时百余日的怀州之战告捷。

回顾一年来的运势，史思明是屡战屡败，倒霉到家了，怀州失守，无疑更是雪上加霜。如果不能扭转战局，军心动摇，李光弼可就不战而胜了。于是谙熟李光弼作战套路的史思明，千方百计地想迫使李光弼在黄河南岸野战，否则就会被李光弼耗死。

就在此时，上帝为史思明打开了另一扇窗户，这个“上帝”就是肃宗皇上的心腹大宦官鱼朝恩，陕郡观军容使。

二、重蹈覆辙，李光弼上表自贬

史思明百般诱使李光弼渡黄河到东京洛阳与之野战，李光弼就是不上其当。于是史思明就使阴招，派遣谍战人员到长安鱼朝恩府邸蛊惑，说东京洛阳燕军将士大多是范阳人，久在外打仗已上下离心，思乡情切，如果现在进攻东京洛阳，必然可破。鱼朝恩是陕郡观军容使，李光弼不主动出击攻东京洛阳，史思明就会虎视眈眈地老盯着自己所驻守的陕郡，只有李光弼出击，才可能解除史思明对陕郡的威胁。所以，听到这样的蛊惑，他信以为真，就屡次上疏，催促肃宗皇上让李光弼进攻，肃宗皇上就敕令李光弼进取东京。李光弼接着也上疏曰，贼兵的气焰还比较盛，不可轻进，待其懈怠再攻之不晚。鱼朝恩不信，就亲自前去陕郡观察，回朝后又对肃宗皇上曰：“李光弼奏称贼锋尚锐，未可轻进，是欲养贼以自重也。”（《资治通鉴》卷二百二十二）此时，朔方节度使仆固怀恩也火上浇油。

仆固怀恩作战勇猛且刚愎自用，手下都是朔方军的蕃汉劲卒，攻城略地后，经常恃功不法，抢劫掠夺，郭子仪宽厚，总是能包容则不罚，因为每次用兵，都要靠他们冲锋陷阵。而现任的长官李光弼，作风严厉，一点情面也不给，违法之事皆制裁，李光弼斩张用济的阴影尚在眼前。所以仆固怀恩对李光弼既惮之且恶之，乃随声附和鱼朝恩，上疏称东京洛阳可取，贼不可豢养。因此，朝廷差宦官一次又一次催李光弼出战，攻取东京洛阳。此情景就像当年玄宗皇帝派宦官一次次催促哥舒翰出潼关与贼兵决战一样，李光弼不得已被迫出战，“乃使郑陈节度使李抱玉守河阳；己与仆固怀恩将大军与神策军节度使卫伯玉，共受鱼朝恩提调以进攻洛阳。”（《新唐书》卷二百二十四，仆固怀恩传）

唐肃宗上元二年（公元 761 年）二月二十三日，唐军抵达东京洛阳城北的邙山，李光弼命令依据邙山之险要处构筑阵地，仆固怀恩认为不妥，要决战还是在平原，部队能摆得开。李光弼厉责仆固怀恩，说大军倚险要处构筑阵地，进可攻，退可守，如若构筑在平原，一旦情势不利，可能全军覆没，你不可小看史思明！仆固怀恩仍然坚持自己的布局，可李光弼是上级，于是他就找鱼朝恩阻止。鱼朝恩可是皇上派来的“提调”，拥有事实上的指挥兵权。就在这几个将帅由于列阵之地，各持己见、僵持不下、犹豫不决之际，战机稍纵即逝，史思明即刻抓住唐军阵势移来移去不稳定之机会，发动猛烈攻击，唐军瞬时全线崩溃，尸横遍野，辎重器械尽失，李光弼、仆固怀恩渡过黄河北逃，走保闻喜（今山西闻喜县）；鱼朝恩、卫伯玉奔还陕郡，史思明乘胜渡过黄河攻击河阳，李抱玉弃城而走，河阳、怀州相继失守，唐军真是一败涂地，失地千里。

李光弼坚守河阳一年多的战略优势，与史思明交战多年的心理优势，平叛安史之乱以来的显赫战功和声望，毁于一旦，又是宦官鱼朝恩断送英才的“杰作”。而邙山大捷，也出了史思明多年梦魇的恶气，但是这口气也出不了多久了……

邙山之败，河阳、怀州相继失陷，朝廷闻知大惊，肃宗皇上不知所措，李光弼一面建议收兵屯陕郡，以保潼关，一面向皇上上表自贬。三月，李光弼上疏坚持应接受贬谪处分，肃宗皇上接受，调他任开府仪同三司、最高监督长、兼河中（今山西永济市）战区节度使，与陕郡节度使卫伯玉互为掎角，确保长安。

三、思明气短，李光弼忍辱负重

唐肃宗上元二年（公元 761 年）三月初，史思明于邙山会战得胜后，欲乘胜西入潼关，直驱长安，率军驻屯永宁

（今河南洛宁县）。

燕帝史思明生性好杀，凶暴残忍，属下稍不如意，动辄诛杀满门，恐怖气氛弥漫，人人自危。但是史思明的长子史朝义，常年跟随其父征战，性情谦恭谨慎，爱兵如己，颇受将士拥戴，与史思明判若两人。一直以来，史思明都不喜欢史朝义，欲杀之而立少子史朝清为太子之心久存。渐渐地左右侍从就把这个信息泄露出去，史朝义有了戒心。李光弼邙山之败后，史思明令史朝义为前锋，沿黄河南岸北路去袭击陕郡，自己率主力从崤山峡谷南路进击。

三月九日，史朝义部在礓子岭（今河南三门峡市）与卫伯玉的神策军屡次激战，都被击败。史思明认为史朝义胆怯如鼠，终不足成大事，欲军法从事，斩杀史朝义及其将领。

三月十三日，史思明令史朝义在永宁依山底筑三隅城①，打算屯粮备战，下令一日内必须完工。结果史思明来视察时，发现墙上还没有涂泥，就破口大骂，命随从监督，并指着史朝义的鼻子说："'俟克陕州，终斩此贼！'朝义忧惧，不知所为。"（《资治通鉴》卷二百二十）至晚，史朝义的部将骆悦、蔡文景警告他说："我等和你这个大王不知死在哪天！自古有废立，请大王召曹将军赶紧前来，共同商议如何应对。"史朝义内心激烈地斗争着，半天不语。骆悦拍案而起说："大王如若不许，我等今天就去投奔李光弼，大王你也难以保全！"史

① 三隅城，以山的底边作为基础修建的战术城堡。

朝义如梦惊醒，哭泣着嘱咐道："诸君善为之，勿惊圣人！"（《资治通鉴》卷二百二十）当天晚上，骆悦等率史朝义卫队三百人，披甲持刀，直奔史思明居所，将其擒拿。史思明不解地问骆悦：

"乱者为谁？"

"奉怀王命令（史朝义封怀王）！"

"我朝来语失，宜其及此。然杀我太早，何不待我克长安？今事不成矣。"

骆悦等不待史思明再说，将其押至柳泉驿站囚之，随即向史朝义回报。史朝义问："没有惊动圣人吧？"众将劝史朝义久置恐变，遂将史思明绞死，用毡毯裹尸，回归东京洛阳。史朝义即登帝位，改元显圣，并即刻派密使入范阳，诛杀史朝清及母亲辛氏数十人，结果引起内斗血拼，长达数月。

史朝义弑父篡位与安庆绪弑父篡位如出一辙，这也是安史之乱的历史局限使然，与命运无关。所以，无论如何，在改朝换代、造反有理的目标下，安家父子和史家父子还是命运共同体。史朝义即帝位后，改变了其父在世时西取长安、东平河北、北归范阳的战略，掉头南下，欲乘刘展乱江淮①之余波未平，先夺取唐朝财赋所依赖的江淮、江汉，然后再图长安。江淮、江汉是朝廷的生命线。朝廷戡乱期间，若无江淮之财赋、

① 刘展，淮南东道节度使，唐肃宗上元元年十一月造反，上元二年二月被唐军剿灭。

江汉之运输，是无唐矣！

那么，谁能统兵御敌？肃宗皇上犹豫不决，心中的两个理想人选都被自己免官罢职。起用郭子仪吧，去年九月自己就下诏让郭子仪统帅各战区军队，从朔方出发，直捣史思明范阳老巢，顺势平定河北叛乱，结果诏书下达十天，郭子仪领兵七万准备出征，被宦官鱼朝恩阻挠，自己也认可。所以，这个时候起用郭子仪，如果鱼朝恩等再阻挠，出尔反尔，不妥！于是只有李光弼了。好在邙山之败，鱼朝恩自己也觉得有干系，没有阻挠。五月下旬，肃宗皇上再任命李光弼当河南副元帅（黄河以南）、太尉、兼侍中，都统河南、淮南、淮西、山南东、荆南、江西、浙东、浙西等八道行营节度，镇守临淮（今江苏盱眙县）。好家伙，要用人家了，这是给李光弼最多帽子的一次任命。然而，令人费解的是，肃宗皇上是五月中旬下诏再任命李光弼的，李光弼到八月中旬才去河南各战区行营（今江苏徐州市）任职，而且一直到年底，史书没有李光弼的任何战事记载。其实李光弼心里明白，有宦官鱼朝恩、程元振在朝中作梗，“相州、北邙之败，朝恩羞其策缪，故深忌光弼切骨，而程元振尤疾之。二人用事，日谋有以中伤者。”（《新唐书》卷一百三十六，李光弼传）所以，肃宗皇上这次重新起用，看似顶了许多高帽，其实是让自己与平叛的主战场河北、河南渐行渐远，退居平乱二线。

十一月，史朝义已东围宋州（今河南商丘市），西距李光弼的行营徐州不过百里。其实，距邙山兵败、李光弼被罢官才两个多月，又重新起用，不说那八道节度使有不服的，李光弼本人也心寒，余悸在胸，只能是硬着头皮，忍辱负重，此后的历史将说明……

唐肃宗宝应元年（公元762年）正月，李光弼终于发兵自南阳的许州（今河南许昌市），擒贼颍川（今河南禹州市）太守李春朝，史朝义派大将史参急救，又被李光弼大败于城下，攻取颍川。

二月十八日，史朝义又派兵攻击申州（今河南信阳市），唐淮西节度使王仲升被擒，城陷，淮西震动，李光弼遂派将领侯希逸、田神功（徐州州长）和能元皓攻击汴州（今河南开封市），围魏救赵，淮西方保。

四月十八日，久病卧床的唐肃宗李亨，因宦官李辅国与张皇后斗法，孤独地驾崩。消息传至节度使行营大帐，李光弼神情黯然，深感与皇室、朝廷、长安越来越远，头上的光环也慢慢地淡去……

五月中旬，史朝义亲率大军围攻宋州数月，城内粮草殆尽，城陷在即，州长李岑和众将士都束手无策，将军刘昌说："仓库还有酒曲几千斤，可以拿来磨成粉面充饥，只要我们再坚持二十天，李太尉必来救之！"是时，李光弼率大军自许州（今河南许昌市）抵达临淮（今江苏盱眙市），诸将认为史朝义兵力太强，不如先退保扬州，再做打算。李光弼忧虑道：

“朝廷倚我以为安危，我复退缩，朝廷何望！且吾出其不意，贼安知吾之众寡！”（《资治通鉴》卷二百二十）换句话说，如果此时李光弼统领的还是朔方军、河东军，部将拒敌是不会有二话的，可见威信式微了。于是，李光弼率军经徐州行营西进攻击宋州围攻之敌，派兖郓（今山东济宁市）节度使田神功，自北向西攻击史朝义围攻的宋州，两面夹击。

田神功在天宝末年本来是一个唐军的初级将领，由于勇武善战，被安禄山破格提拔为平卢兵马使。后安禄山反叛，他不愿意随从，率部下归顺朝廷，奉命镇守陈留（今河南开封市）。史思明攻击陈留时，寡不敌众，投降。史思明就让他和大将南德信、刘从谏率兵进攻江淮，途中田神功就乘机斩杀了南德信，殿后的刘从谏闻讯逃走，朝廷又册封他为鸿胪卿①，又因平定刘展之乱有功，擢升为兖郓战区节度使，一直逗留在扬州，不肯出兵北上解宋州之围。此次听说行营节度大使李光弼下令要他北上，因畏惧李光弼的威望和威严，田神功立即出兵，自北向西攻击围攻宋州的燕军，与李光弼共同夹击。史朝义的燕军数月围攻宋州不下，业已疲惫，士气低落，又听说回纥骑兵助唐南下已兵临东京洛阳，所以一战即败，溃逃回东京洛阳，宋州解围，江淮始安。

子夫诗云：光弼高处不胜寒，挥刀逐鹿战中原。但悲不见子仪同，遗恨朝恩走邙山。

---

① 鸿胪卿，唐礼部掌管典礼的官员。

第十一章　积弊兵变，内忧甚患

郭子仪（《资治通鉴》卷二百二十二）："建辰月，庚寅，子仪将行，时上不豫，群臣莫得进见。子仪请曰：'老臣受命，将死於外，不见陛下，目不瞑矣。'上召入卧内，谓曰：'河东之事，一以委卿。'"

河东兵变发生在唐肃宗宝应元年（公元 762 年）二月。是时，兵变与叛乱既有区别，又有联系。安史之乱后期发生的兵变，从某种意义上讲，还是体制内的，主要是军队内部各种矛盾激发引起的。而叛乱，则是要冲破体制的束缚，建立一个新的体制。那么两者之间联系的根源还是唐开元年间形成的募兵制，任何一个蕃镇的节度使都有做大的条件，即节度使不单单拥有兵权，而且拥有管辖地的行政管理大权，说白了就是一方的土皇帝。所以，这个时期发生在河东的兵变，如不及时处理，就可能演变成蕃镇叛乱，如唐肃宗上元元年（公元 760 年）十一月，发生在淮西的由兵变转变为叛乱的"刘展之乱”。况且，河东地区是唐王朝的龙脉之地，朝廷十分担忧。

一、危难之际，郭子仪重新掌兵权

河东战区（行营在今山西太原市）在节度使王思礼管辖时，物资辎重储备十分丰富。安史之乱初期，这些物资辎重不仅支撑了太原保卫战及河东地区的战事，而且也为朝廷和其他战区提供了有力的粮草先行。比如，一次性就给长安提供了五十万斛的粮食。王思礼去世后，朝廷派官崇嗣接管，几个月内就把百万斛的粮食耗光，其实多为将士侵吞倒卖，剩下的都是陈糠烂谷子。肃宗皇上得报后，就派邓景山前去接管、调查。将士们开始恐慌，担心东窗事发。是时，有一个初级将官倒卖粮食犯事，邓景山就准备拿他杀鸡给猴看。将士们知道，这是一损俱损的事，纷纷求情，被拒绝。就在这时，有人提议让那个犯事的将官献一匹好马赎罪，邓景山却高兴地接受了。这可一下子犯了众怒，好吗，我们还不如一匹马，说杀就杀，随即兵变，斩杀邓景山。肃宗皇上闻报，想大事化了，派使臣前往安抚，告诉众将士，邓景山措施处理不当，决定不予追究，事态方暂告平息。可是肃宗皇上没有想到这是积弊使然，结果这边刚按下葫芦，绛州（今山西新绛县）大军集中地又发生兵变。

绛州是朔方大军集中的地方，适逢天旱，民间饥馑，征收不上粮食，将士们饥一顿饱一顿的。朔方诸道行营都统李国贞不断上疏告急，朝廷没有回应。将士们愤怒了，突击将领王元振就打算兵变，假传军令说："明天都统要修住宅，大家都要参加，准备好工装器具，在住宅门前集合。"将士们一听顿时哗然，怒曰："'朔方健儿岂修宅夫邪！'乙丑，元振帅其徒作乱，烧牙城门。"（《资治通鉴》卷二百二十二）都统李国贞一看，急忙躲进监狱避难，被王元振抓住，带到士卒面前，把平常吃的饭往他跟前一放，厉声问道：

"吃这种食物，还让士卒给你卖力气、做苦工，你认为可以吗？"

"修房子之事，子虚乌有！军粮的事我已多次上报朝廷，如今没有答复，你们是知道的。"

"大家不要退却！今天事已至此，不必再问，都统你不死，我们大家就会死。"

王元振说着手起刀落，斩杀李国贞。与此同时，北庭（今甘肃瓜州县）、镇西（今四川内江市）两战区的驻兵防地翼城（今山西翼城县），也相继发生兵变，诛杀了都统荔非元。

唐肃宗上元二年（公元761年）以来，诸如荆襄、江淮、太原、河中、绛州、翼城及巴蜀的梓州皆有兵变之事发生。肃宗皇上忧心如焚，担心事态的发展如果不能及时阻止，会促使兵变倒向史朝义的燕军。但是用谁去镇抚呢？肃宗皇上也犯了难，用李光弼吧，他刚刚经历了邙山之败，虽然也是朔方军的老领导，但是此刻威信危机；用郭子仪吧，鱼朝恩、程元振等又百般阻挠。这时，有些识时务的大臣向肃宗皇上建议：现在一些新进的将领是没有能力解决和镇服兵变的，唯有郭子仪在朔方、河东、河中等军中的威信尚在，应该起用。

“辛未，以郭子仪为汾阳王，知朔方、河中、北庭、潞泽节度行营兼兴平、定国等军副元帅，发京师绢四万匹、布五万端、米六万石以给绛军。”（《资治通鉴》卷二百二十二）

二、多事之秋，肃宗病榻顾命子仪

郭子仪自肃宗乾元二年（公元 759 年）六月邺城之败辞官在家赋闲，到肃宗宝应元年（公元 762 年）二月重掌兵权，已逾三年。这期间朝廷有不少重臣提醒肃宗皇上：“天下未平，不宜置郭子仪於散地。”（《资治通鉴》卷二百二十一）但是由于肃宗皇上的多疑和宦官鱼朝恩、程元振等人弄权阻挠，始终未曾起用。而这次肃宗皇上不得已再度起用郭子仪重掌兵权，固然河东等地的兵变是重要因素，深层次的原因是宦官李辅国与皇后张良娣擅权用事，皇权再度因宫廷内乱而险象丛生，需要良将和顾命大臣。

唐玄宗李隆基与唐肃宗李亨父子俩，都因为容忍奸臣当道，开启了两个不同的“潘多拉”魔盒：安禄山开启的是

“藩镇之乱”；李辅国开启的是“宦官之乱”。所以，这“两个魔鬼”放出来，贻害着中唐以后百年历史……

李辅国，在李亨做太子时，是东宫的家奴。马嵬坡事变，李辅国是积极劝解李亨另立中央的。灵武称帝，李辅国又是积极拥戴的组织者。起初，宦官李辅国与太子妃张良娣相互勾结，一个是想独揽宫禁大权，一个是想上位皇后，于是以利相交。有三个案例：

其一，唐肃宗乾元元年（公元 758 年）二月，张良娣多次在肃宗皇上枕边吹风，委以李辅国重任。二月一日，肃宗皇上一天两次任命，先是任命殿中监（宫廷总管）李辅国兼太仆卿（农业部长），诏书笔墨未干，又任命李辅国担任元帅府行军司马（参谋长），权势倾动朝廷及民间。

其二，唐肃宗乾元二年（公元 759 年）二月十五日，李辅国利用权势，忽悠一些大臣向肃宗皇上上疏，加封张良娣皇后尊号：辅圣皇后。肃宗皇上征求中书舍人（立法大臣）李揆意见，李揆说，自古以来哪有皇后在世封尊号的，除了前朝的韦皇后①。肃宗皇上醒悟，骂那些上疏大臣：“糊涂蛋，差点害我错事！”

其三，唐肃宗上元元年（公元 760 年）七月，住在兴庆宫（长安城三大内之一，大明宫南，又称南内）的太上皇李

① 韦皇后，唐中宗李显第二任皇后，安乐公主生母，公元 705 年 11 月，破坏祖制，生前封尊号：顺天皇后。

隆基，经常登上临宫的长庆楼与百姓相见，过往百姓也常常抬头瞻仰，山呼万岁。张良娣、李辅国担心百姓项背，有损肃宗皇上的皇威，就建议肃宗皇上让太上皇搬回皇宫西内居住，肃宗皇上不同意。李辅国就假传圣旨，先把兴庆宫的三百匹御马减少至十匹，七月十九日又假传圣旨，率五百神箭手骑兵，拦住太上皇的出行队伍，李辅国傲慢地骑在马上，强行逼太上皇搬家，遭太上皇的老臣高力士痛斥："'李辅国何得无礼！'叱令下马。辅国不得已而下。"（《资治通鉴》卷二百二十一）此事过后，肃宗皇上没有计较。倒是太上皇悲痛地告诉高力士："吾儿为辅国所惑，不得终孝矣。"（《资治通鉴》卷二百二十一）

可是圣贤有云：以利相交者，利尽则交绝。两人政治上的分道扬镳，一是争权夺利，二是围绕太子李豫。李辅国认为，肃宗皇上春秋不爽，今后太子李豫继大统，绝不能容忍皇后张良娣利用李豫架空自己。于是两个奸佞明争暗斗，相互攻讦。

郭子仪虽然赋闲在家逾三年，肃宗皇上也允他不理朝政，李辅国、张良娣、鱼朝恩、程元振等奸臣也乐见他闭门不出，自生自灭。可是，郭子仪虽然在夫人王氏的劝导下，整日里修身养性、道法自然、与世无争的样子，但朝廷的讨逆战事和宫廷争斗等信息，尽在掌握之中。所以，当肃宗皇上命他重掌兵权，他也深知皇上有临终顾命之意。当然，郭子仪还有另外一层考虑，此次大权又在握，他必须得到皇上的充分信任，否则，有再多的战功，也抵不上宦官的谗言。于是三月十一日，郭子仪请求出征前觐见皇上一面："老臣受命，将死於外，不见陛下，目不瞑矣。"（《资治通鉴》卷二百二十）因为此时，肃宗皇上已久病不朝，文武百官都不得进见，唯独允了郭子仪的请求，诏他至病榻前嘱咐："河东之事，全托付於你了！"史书记载就这么两句话，其潜台词是什么？河东乃大唐龙脉，所以，让太子李豫①承其拥戴之托必在临终顾命中，因太子李俶在平定两京时任天下兵马大元帅，尽得郭子仪这个副帅的鼎力辅佐，有君臣之义的情感基础。此推理在后叙的史事中，将有所论证。

郭子仪顾命出征不久，果不其然，皇后张良娣欲乘肃宗皇上弥留之际，拉上太子李豫准备除掉李辅国和内射生使（宫廷禁卫头领）程元振，太子李豫不允。四月十六日，张良娣就假传圣旨，命太子李豫入宫，然后召见越王李系等，组织二百余人的宦官，发给他们铠甲武器，秘密埋伏在长生殿，准备斩杀李辅国和程元振。结果被发觉，反被李辅国、程元振抢先下手，逮捕了越王李系等一干人，并在肃宗皇上的病榻前当面强行拖走皇后张良娣，一齐押解至后宫软禁。

肃宗皇上孤单惊恐地望着一行人出去，回想着太上皇十几天前在神龙殿仙逝，自己当太子时是苦命太子，当天子时是乱

① 太子李豫，公元758年5月，唐肃宗因天下兵马大元帅广平王李俶收复两京有功，立为皇太子，改名"豫"。

世天子，曾“双皇於野”，誓言平天下，悔恨近小人而远贤臣，如今成孤家寡人，天不遂人愿，大唐仍在风雨飘摇，即将追随先帝于黄泉之下，心有不甘啊！

唐肃宗宝应元年（公元762年）四月十八日，肃宗皇上驾崩，时年五十二岁。四月二十日，太子李豫继位，本年三十七岁，庙号十一任代宗。

三、不辱使命，郭子仪知代宗艰难

唐肃宗宝应元年（公元762年）三月中旬，郭子仪顾命前往河东平定兵变。史朝义得知河东兵乱，觉得有机可乘，于是派兵把郑陈战区节度使李抱玉所部包围在泽州（今山西晋城）。郭子仪闻讯后，即调定国军前去驰援，燕军听说是郭子仪援军将到，惮其威名，随即撤退。泽州之围既解，四月底郭子仪率军到了河东绛州行营。

最初，河东朔方将士不喜都统李国贞军纪严厉，皆思念郭子仪宽厚统兵。所以王元振利用将士的逆反心理，发动兵变作乱。此刻，众将士终于盼来了多年不见的主帅，欢呼雀跃，夹道迎接。王元振认为自己有功，主动上前执马缰坠镫，笑扶郭子仪下马。但郭子仪不徇私情，下马即威，斥责他说：“汝临贼境，辄害主将，若贼乘其衅，无绛州矣。吾为宰相，岂受一卒之私耶！”（《资治通鉴》卷二百二十二）五月二日，逮捕王元振及其同谋者四十人，皆处以死刑。河东节度使辛云京在太原得知郭子仪惩治了乱将，不等郭子仪到来，也逮捕了诛杀邓景山①等作乱者数十人。河东诸镇将士闻知后，从此皆奉法行事。

八月二十三日，平定河东兵变后，郭子仪凯旋回朝复命，觐见代宗皇上。代宗皇上即位后，“内官程元振，用事自矜定策之功，忌嫉宿将，以子仪功高难制，巧行离间，请罢副元帅，加实封七百户，充肃宗山陵使。”（《旧唐书》卷一百二十，郭子仪传）“充肃宗山陵使”，什么意思呢？就是让郭子仪交出兵权，给他七百户的采邑②，赐他一个看守肃宗陵墓的大臣官职。郭子仪心里明白，宦官李辅国、程元振自恃拥戴太子李豫继位有功，把持朝廷决策大权，如李辅国就明目张胆地告诉代宗皇上：“大家但居禁中，外事听老奴处分。”（《资治通鉴》卷二百二十二）然而螳螂捕蝉，黄雀在后，内官程元振也在谋夺李辅国的权力。所以，此时代宗皇上为政十分艰难。郭子仪为了表明自己对朝廷的忠诚，消除新即位的代宗皇上被奸臣蛊惑，对自己产生可能的猜忌，于是主动上疏请辞副元帅及行营节度使。代宗皇上遂对郭子仪安慰勉励，准其辞官。

---

① 邓景山，公元762年任太原尹时，因粮食问题处置不当，遭部下杀害，引发河东兵变。

② 采邑，又称食邑，即以采邑为食禄，是古代君王封赐诸侯、卿大夫的封地，包括劳动者在内。

飞鸟尽，良弓藏。郭子仪辞官回到长安城南大通坊的家中，夫人王氏习以为常，无官一身轻。可是这一次郭子仪却深感忧虑：

一是邺城兵败，自己主动辞官，多少有一定的责任要承担，且平叛之任尚有李光弼等忠臣担当，肃宗皇上至少还让自己挂职朝廷，以慑贼敌，心中有数，否则也没有必要临终前排除干扰，再次起用自己这个老臣顾命。

二是河东平乱，自己是被迫辞官，史朝义讨伐不力，李光弼因邙山之败遭宦官算计，心有余悸，避小人而远徐州，不理朝事，而肃宗皇上临终顾命之言犹在耳畔。

三是代宗皇上继位，朝纲不稳，奸臣误国，内忧外患，如何主动消除宦官奸臣动辄以“功高盖主”“尾大不掉”等是非左右新皇，确立自己在代宗皇上心里的忠诚形象，确保身家性命和子孙无虞。

夫人王氏看着忧虑的夫君，心有灵犀地研墨铺宣，郭子仪提笔上表：

“臣德薄蝉翼，命轻鸿毛，累蒙国恩，猥厕朝列。会天地震荡，中原血战。臣北至灵武，觐先皇帝，乃举兵而南，大蒐於岐阳，先帝忧勤宗社，托臣以家国，俾副陛下扫两京之妖祲。陛下雄图丕断，再造区宇。自后不以臣寡劣，委文武之二柄，外敷邦教，内调鼎饪，是以常许国家之死，实荷日月之明。臣本愚浅，言多讦直，虑此招谤，上渎冕旒。陛下居高听卑，察臣不贰，皇天后土，察臣无私。伏以器忌满盈，日增兢惕，焉敢偷全，久妨贤路。自受恩塞下，制敌行间，东西十年，前后百战。天寒剑折，溅血沾衣，野宿魂惊，饮水伤骨。跋涉难阻，出没死生，所仗惟天，以至今日。陛下曲垂惠奖，念及勤劳，贻臣诏书一千余首。圣旨微婉，慰谕绸缪，彰微臣一时之功，成子孙万代之宝。自灵武、河北、河南、彭原、鄜坊、河东、凤翔、两京、绛州，臣所经行，赐手诏敕书凡二十卷，昧死上进，庶烦听览！”（《旧唐书》卷一百二十，郭子仪传）

代宗皇上阅览着郭子仪呈上的先皇和自己曾与之往来的二十卷有关敕书，思绪万千，遂下诏书曰：“朕不德不明，俾大臣忧疑，朕之过也。朕甚自愧，公勿以为虑。”（《旧唐书》卷一百二十，郭子仪传）是时，李光弼邙山新败，官军受挫，叛军谋攻陕州。十月，代宗皇上任命雍王李适为天下兵马元帅，率兵前往陕州，与各战区及前来的回纥兵团会师，联合讨伐史朝义。出征前代宗皇上再三考虑，雍王刚过弱冠之年，不熟悉军旅之事，欲以历经战阵的老将郭子仪为副元帅，辅佐雍王平定乱军，再次遭到宦官程元振、李辅国的竭力阻挠，遂告中止。郭子仪知代宗之艰难，上疏推荐平定河北有功的朔方节度使仆固怀恩，把副元帅之职位授予他，代宗皇上准奏。

子夫诗云：马放南山逾三载，长匣何时抖尘埃。顾命床前别君王，旌旗再盼子仪来。

第十二章　吐蕃做大，长安又陷

郭子仪（《资治通鉴》卷二百二十二）："郭子仪数言上：'吐蕃、党项不可忽，宜早为之备。'辛丑，遣兼御史大夫李之芳等使于吐蕃，为虏所留，二年乃得归。"

唐代宗皇上即位之初，外患尤以吐蕃为最。安史之乱伊始，西部精锐之边兵皆陆续入关讨贼，原地留守多为老弱，且兵少将寡，所以数年间河西、陇右之地，被吐蕃渐渐蚕食殆尽。至代宗广德元年（公元 763 年）十月，吐蕃已入侵到凤翔（今陕西凤翔县）以西，邠州（今陕西彬县）以北，其陇右道的兰州（今甘肃皋兰县）、廓州（今青海贵德县）、河州（今甘肃临夏回族自治州）、鄯州（今青海海东市）、洮州（今甘肃临潭县）、岷州（今甘肃岷县）、秦州（今甘肃秦安县）、成州（今甘肃礼县）、渭州（今甘肃陇西县）等九州皆被攻陷。

一、边关告急，郭子仪又危难受命

唐代宗广德元年（公元 763 年）上半年，代宗皇上的心情大好，因为继去年十月仆固怀恩率军光复东京洛阳后，今年正月燕军范阳首领李怀仙又投降朝廷，并将史朝义的头颅献给了唐军，烽火八年的安史之乱，终于在自己继大统后不久，偃旗息鼓，烟消云散，而且四月间李光弼也平息了台州（今浙江临海县）二十万变民暴动，擒获其首领袁晁，浙东平定。于是，代宗皇上忙着给有功之臣封官奖赏，给太上皇、父皇祭祀安葬谥庙号，给全国战区重新划分，给选拔人才开恩科，等等，显示要有所作为，中兴大唐。所以，对赋闲在家的郭子仪数度上疏警告防范吐蕃不置可否，宦官程元振也阻断了这方面的消息达三个月之久，当然是不愿坏了代宗皇上的好心情。

十月二日，朝廷泾州（今甘肃泾川县）刺史高晖开城投降吐蕃军，并自愿当向导，带领吐蕃军攻击奉天（今陕西乾县）、武功（今陕西武功县），京师震动，百姓出逃，京畿之地无重兵，代宗皇上震惊万分，后悔没有听郭子仪的屡次警告，这才急令雍王李适任关内元帅，并排除程元振等奸臣干扰，下诏郭子仪任关内副元帅，进驻咸阳拒敌。

此时郭子仪赋闲在家已久，部属也早已散去，接到圣旨后，虽有帅印，却是光杆司令一个。天下为大，皇命在身，匡扶社稷，不容置疑。已年逾六十七岁的郭子仪，盔压白发，甲胄束身，嘱咐夫人、儿女等家人做好应变，片刻不敢耽搁，亲率临时招募的骑兵二十人，疾驰咸阳，观敌瞭阵，集结部队。可是没有想到的是，吐蕃统率吐谷浑、党项、氐族、羌族等各部落联军竟有二十余万众，队伍连绵数十里，正浩浩荡荡南渡渭河，沿着秦岭山脉向东挺进。郭子仪一看事态十分凶险，一路上也没有集结到几个兵将，于是十万火急地派身边的中书舍人王延昌回京求救兵。王延昌马不停蹄地赶回京城，竟遭到宦官程元振的阻挠，连皇帝的面都没有见上，更不用说搬救兵了。这边郭子仪一盼再盼不见王延昌搬来救兵，就又派传令兵前往临近的鄜坊战区，征调行营兵马使吕月将率兵阻击，以争取时间和空间。吕月将亲率精骑兵在盩厔（今陕西周至县）以西，击败吐蕃军的先锋部队。

十月六日，吐蕃大军至盩厔，吕月将率部迎击，全军覆没，自己被俘。吐蕃军攻击前进至便桥（今陕西咸阳市）。

十月七日，代宗皇上再次上演大唐皇帝弃长安出逃的悲剧，向陕州（今河南三门峡市）仓皇而去。顷刻长安一片乱象，百姓纷纷奔走流窜躲藏，皇家六军士卒全散出走。禁军首领王献忠本随驾护卫，但见代宗皇上狼狈逃窜，认为大势已去，贼心顿起，率四百骑兵叛变，裹挟着丰王李珙等十位亲王折返长安，准备迎接吐蕃，成立伪政府。郭子仪得报后即刻赶回长安，城内狼藉不堪，却与王献忠一行碰上。郭子仪一看此一行人马，不出反入，心中有数，随即大喝一声，令王献忠下马。王献忠虽不见郭子仪有多少兵马，但一见这位银盔银甲、提枪怒目、骏马高骑的威震朝野的郭子仪，不由自主地急忙翻身下马，惶恐地道："皇上已东逃，国不可一日无主。令公身为元帅，重兵在握，罢黜一个，拥立一个，只要你一句话！"李珙不等郭子仪回话，拿出亲王的口气："你为什么不表态啊！"郭子仪大怒，命左右将王献忠拿下，并召唤随从王献忠的四百骑兵："跟本帅前往陕州护驾，共同抗击吐蕃，于危难之际建功立业！"四百骑兵慑于郭子仪的威望，一呼皆应，他们心里明白，郭令公是朝廷的顶梁柱，是战神，跟着他没错。郭子仪遂拨出一队兵马押解丰王等乱臣先行前往陕州，交由代宗皇上处置，自己则率剩下的不到五百兵马继续搜寻集结溃散的将士，准备拒敌，收复长安！

十月八日，代宗皇上一行昼夜出逃至华州（今陕西华县），狼狈不堪，随驾官员都逃之夭夭，吃住都没有人照料，担任警卫的将士个个饥肠辘辘，怨声载道。还好，驻守陕州的神策军派观军容使鱼朝恩及时赶来迎驾，代宗皇上惊魂方定，起驾前往陕州。宦官鱼朝恩又一次露脸，代宗皇上宠爱有加，日后赐封其为天下观军容使，统御皇家禁军，权势熏天。

十月九日，吐蕃军兵不血刃地进入长安。叛将高晖和吐蕃大将马重英等拥广武王李承宏①当皇帝。吐蕃军开始在长安城

① 李承宏，李隆基堂兄的孙儿。

内大肆奸杀掠夺，涂炭生灵，“剽掠府库市里，焚闾舍，长安中萧然一空。”（《资治通鉴》卷二百二十三）

二、无人勤王，唯郭子仪独挑大梁

代宗皇上去年继位后不久，因痛恨做太子时李辅国就飞扬跋扈，采纳了宦官程元振的建议，开始对其权力进行限制，进而去除。可是代宗皇上没有想到，前门拒虎，后门进狼，程元振弄权比李辅国更过之，满朝文武更畏惧程元振，凡建大功的将领，他都打算一一害死。最初，山南东道节度使来瑱在襄阳时，程元振有所索求，来瑱拒绝。等到去年九月来瑱到朝廷升任兵部尚书、二级实质宰相，程元振感到威胁，就向代宗皇上不断进谗言，说淮西战区节度使王仲昇之所以被燕军俘虏，就是来瑱暗中勾结，于是唐代宗广德元年（公元763年）正月二十八日，代宗皇上下诏，撤除来瑱所有官爵，流放播州(今贵州遵义市)。来瑱在去流放地的途中，代宗皇上又听信程元振谗言，说来瑱不服，说了很多冒犯圣上的话，于是下诏让其自杀。这件事对各战区节度使震动很大，对宦官程元振恨之入骨。所以，当吐蕃来犯，代宗皇上出逃，下诏各地节度使前来勤王，竟没有一路兵马前来，包括时任河南战区副元帅的李光弼，大家都忌惮程元振的陷害。

十月十二日，代宗皇上一行仓皇出幸到达陕州后，太常博士（朝廷祭祀官）柳伉就上疏指出：

“‘犬戎犯关度陇，不血刃而入京师，劫宫闱，焚陵寝，武士无一人力战者，此将帅叛陛下也。陛下疏元功，委近习，日引月长，以成大祸，群臣在廷，无一人犯颜回虑者，此公卿叛陛下也。陛下始出都，百姓填然，夺府库，相杀戮，此三辅叛陛下也。自十月朔召诸道兵，尽四十日，无只轮入关，此四方叛陛下也。内外离叛，陛下以今日之势为安邪，危邪？若以为危，岂得高枕，不为天下讨罪人乎！臣闻良医疗疾，当病饮药，药不当病，犹无益也。陛下视今日之病，何繇至此乎？必欲存宗庙社稷，独斩元振首，驰告天下，悉出内使隶诸州，持神策兵付大臣，然削尊号，下诏引咎，曰：天下其许朕自新改过，宜即募士西赴朝廷；若以朕恶不悛，则帝王大器，敢妨圣贤，其听天下所往。如此，而兵不至，人不感，天下不服，臣请阖门寸斩以谢陛下。’”（《资治通鉴》卷二百二十三）

代宗皇上阅之后内疚万分，又不愿对程元振严厉反应，念其当初护自己上位有功，故下诏解除程元振所有官爵，逐回故里。悔恨之余，唯有北望，冀盼郭子仪能力挽狂澜了……

十月十二日，郭子仪得到确切消息，代宗皇上已安全抵达陕州。于是郭子仪率部曲数百人，护送着部分失散的皇亲、官吏和自己的妻子仆从，自御宿川（今陕西长安县西南）沿秦岭山麓东下，准备前往商州（今陕西商洛市）集结散兵游勇，与武关（今陕西商南县）形成拱卫代宗皇上幸走的陕州，再图反击。由于山谷狭窄，驼马车牛数百辆，行驶缓慢，郭子仪就对中书舍人王延昌说：“事不宜迟，你先带上几人，翻越绝涧，登七盘山，先至商州。据悉六军将士多溃散在此，你拿我的帅令，让他们集结待命，说我随后即到。然后再拿我的帅令速去征调武关的防兵，同时安抚那些散兵游勇和惊惶不安的地方官员，告诉他们，只要几天的时间，就可以出蓝田，反攻长安，吐蕃必逃遁。”这时，随代宗皇上从长安出逃幸陕而走散的元帅都虞候（元帅府纠察官）臧希让、凤翔战区节度使高升等，带领着千余名兵士与郭子仪相遇，队伍稍有壮大，郭子仪就催促王延昌不用担心自己的安危，速速前往商州。

中书舍人王延昌不辱使命，到了商州见到有些将领正在纵容散兵游勇大肆抢劫，就举起帅字令旗，登高一呼：“众将士听令，郭令公很快就到，不得乱来！”将士们一听郭子仪要到来，皆大喜，愿意接受命令，乱局趋稳。

吐蕃军惧郭子仪之威，只要听说有郭子仪的部队，均退避三舍，不敢跟进。郭子仪担心吐蕃军追击代宗皇上，就特意在七盘山（今陕西蓝田县东南）停留三天，让将士竖起帅字旗，不见吐蕃军追来才走。抵达商州后，郭子仪迅速收容集结各路人马四千余人，召开军事会议，部署反攻事宜。在全军誓师动员大会上，郭子仪老泪纵横，誓言一雪国耻，北上收复长安，还大家平安家园。众将士们一听，群情激昂，十分感动，皆愿听候调遣。郭子仪就请太子宾客第五琦当随军粮料使，日后又向代宗皇上推荐其任长安京兆尹。

十月十六日，代宗皇上听说郭子仪已到商州，就即刻下诏，命郭子仪赶到陕州护驾。郭子仪上疏：“臣不收京城无以见陛下，若出兵蓝田，虏必不敢东向。”（《资治通鉴》卷二百二十三）郭子仪抗命是有道理的，那意思是说：皇上请放心，只要我出兵蓝田，向长安攻击前进，迎头痛击，吐蕃军就不敢南下攻陕州。代宗皇上此时一切都听郭子仪的。不久，鄜州战区判官段秀实，向节度使白孝德建议，郭子仪现已挂帅出兵北上，我等得尽快勤王，白孝德即刻率大军南下，会同蒲州、陕州、商州、华州各路援军，在郭子仪的统领下，联合反攻，进逼长安。

三、运筹帷幄，郭子仪再光复长安

十月十七日，吐蕃军把广武王李承宏推上皇位后，就开始在长安城内大肆捕抓健壮男子和年轻女子数万人，以及各行各业的能工巧匠，准备掠到吐蕃去。郭子仪闻讯，认为收复长安，救民于水火，刻不容缓。于是出征前召开军事会议，将军们不知这仗如何打，吐蕃军二十万，唐军不过五万余众，且多为散兵游勇和临时招募的民兵。郭子仪认为不能硬碰硬，决定用疑兵之计，兵不厌诈，不战屈人。

首先，命左羽领军大将长孙全绪①率二百精骑兵从蓝田出发，摇旗呐喊，佯装主力先锋，迷惑敌军。

其次，命第五琦代理京兆尹，悄悄安排斥候兵（侦察兵）

① 长孙全绪，长孙无忌哥哥一脉。

潜入长安，蛊惑人心，准备内应。

再次，命宝应节度使张知节、原宫廷光禄卿（膳食官）殷仲卿率部渡过浐水（灞水支流），摇旗呐喊，迷惑敌军，与长孙全绪相互呼应。

十月十九日，长孙全绪抵达韩公堆（今陕西蓝田县北），广布营寨，遍插军旗，支灶迷烟，白天战鼓擂动，夜晚篝火通明，远远望去，似千军万马。张知节、殷仲卿率部在浐水边扎营，也同样故布迷阵。第五琦的第五纵队则城内城外地散布消息："郭子仪率大军就要到了，漫山遍野，不计其数！"

小道消息迅速在城内蔓延，长驱直入的吐蕃军开始恐慌，意识到孤军深入，战线太长，补给难继，前后左右都没有战略基地支撑，士兵们开始惴惴不安。是夜，"马家小儿、张小君、李酒盏、射生官王甫等五百余人，夜半，聚六街鼓入于子城，雷击天门街中，仍分其众建旗诸门。"（《资治通鉴》卷二百二十三，邠志）这些江湖豪杰，配合唐军斥候，连续两天夜晚在朱雀大街和六街①制造混乱，弄得吐蕃守军夜不能寐，魂不守舍。

十月二十日，郭子仪率大军在距长安城南不足百里处安营扎寨。吐蕃军首领得知消息，大为震撼，认为再不退走，恐成瓮中之鳖。

十月二十一日凌晨，吐蕃军全部撤离长安。唐军叛将高晖

① 朱雀大街和六街，朱雀大街是唐长安外郭城中央南北向大街；六街是唐长安城中的主干大街。

闻讯，即率手下三百骑兵出逃，在潼关被唐军守将李日越生擒，斩首于城下。

十月二十三、二十四连续两日，代宗皇上闻长安光复，大为高兴。下诏命郭子仪推荐的第五琦为实任京兆尹；郭子仪为西京长安留守长官。是时，郭子仪立刻着手抓了两件大事：

一是继续造势追击，驱赶吐蕃军退至凤翔以西，巩固京畿防线。十一月初，吐蕃军退至凤翔城外，凤翔战区节度使孙志和镇西节度使马璘分别接到郭子仪军令。孙志坚守城池数日，等待马璘驰援会合。马璘率精骑兵一千为先锋，从河西一路疾驰，突入敌阵，横冲直撞，冲进城门后，铠甲不解，人不下马，马璘一马当先又复出城门，与敌拼杀，吐蕃军士一见大呼："这个将领不要命了，赶紧避让！"次日，吐蕃军退至原州（今宁夏固原市）、会州（今甘肃靖远县）和成州（今甘肃礼县）驻扎，威胁依然存在。

二是尽快恢复京城秩序，准备迎接圣驾回朝。原本潜入京城内应的神射官王甫，带领江湖豪杰乘夜制造混乱，惊扰吐蕃军士。可是任务完成后，他居然带领那些江湖豪杰两千多人，自命京兆尹，封官许愿，还趁火打劫。十一月三日，郭子仪大军到了城下，派人让王甫迎接，王甫心虚不敢前往。此时，有将领提醒郭子仪，城内情况不明，局势变幻莫测，主帅不可轻易入城。郭子仪淡定自若，仅率三十余名骑兵卫队，帅旗当先，缓缓入城，大军随后跟进，百姓夹道欢迎。王甫一看，郭令公威武，百姓项背，自己还能摆什么谱，赶紧出面迎接，

“扑通”一下跪在郭子仪的马前，郭子仪二话都没有说，将其斩首。他手下的那些乌合之众，可见识了这位老帅的威严，一哄而散。郭子仪遂命鄜坊战区节度使白孝德和邠宁战区节度使张蕴琦驻防京畿十八县；派兵给实任京兆尹第五琦，速速恢复大明宫及城内秩序。

十二月二十六日，代宗皇上出幸还朝，抵达浐水东岸时，郭子仪已率城中文武百官及各路军马，伏地待罪，“上劳之曰：‘用卿不早，故及於此。’”（《资治通鉴》卷二百二十三）上还宫阙，图功臣于凌烟阁上，因谓子仪曰：“安禄山僭乱中原，是卿再安皇祚。昨朕蒙尘，卿复戮力，今日天下乃卿与我也。虽图券不足以褒元老。”因泣下沾衣，子仪伏于上前，呜咽流涕曰：“老臣无复致命久矣。但虑衰耄不堪王事，赖仗陛下宗庙社稷之灵，以成微绩。”上因命御马九花虬并紫玉鞭辔以赐，子仪知九花之异，固陈让者久之。上曰：“此马高大，称卿仪质，不必让也。”（《杜阳杂编》卷上）①

郭子仪于大厦将倾之际再度挺身支撑，代宗皇上深感愧疚，没有早点信任重用郭子仪，以致险些葬送大唐中兴的局面。而郭子仪，危难之际，宦海沉浮，无怨无悔，辅佐三代皇帝的壮举，令朝野钦佩，从此奠定了他不可撼动的柱国地位。

子夫诗云：十万铁骑卷狼烟，平安烽火又不传。无奈殿前再点将，亲兵二十帅兵权。

---

① 《杜阳杂编》，唐代笔记小说，唐代苏鹗撰，主要记录了唐代宗至唐懿宗十朝的故事。

第十三章　乱象丛生，将星陨落

郭子仪（《资治通鉴》卷二百二十三）：“上以怀恩为忧，召见抱真问计，对曰：‘此不足忧也。朔方将士思郭子仪，如子弟之思父兄。怀恩欺其众云，郭子仪已为鱼朝恩所杀，众信之，故为其用耳。陛下诚以子仪领朔方，彼皆不召而耳。’上然之。”

唐代宗广德元年（763 年）正月十九日，代宗皇上下诏命燕军降将薛嵩、田承嗣分别任六州战区（今河南安阳市）和五州警备区（今河北大名县）节度使及都防御使。这样的安排缘于当时仆固怀恩击败史朝义、平定河北后，担心朝廷不会重用自己，所以上疏，请求代宗皇上让他们原地就职，作为自己的党羽援助。当时代宗皇上恐再生变，致使战争又起，还是相安无事的好，于是就批准了仆固怀恩的上疏请求。

一、众将猜忌，怀恩上表诉冤屈

仆固怀恩是铁勒部仆固人，也是胡人出生。因其风俗语言与回纥近似，所以通晓戎情。仆固怀恩善战，性格少言寡语、凝重刚决，左右意见不合，或病诟或折杀。他居功自傲，常有犯上，唯服郭子仪治军仁义，独惮李光弼统兵严厉。李光弼邙山之败，鱼朝恩推责使其引咎辞官，郭子仪平乱有功，忌宦官加害，让帅给怀恩，所以朝中无大将，代宗皇上选中仆固怀恩。

唐肃宗宝应元年（公元762年）十月底，仆固怀恩率领的唐回联军在横水（今河南洛阳市北）大败史朝义的燕军，遂即收复东京洛阳。十一月初，仆固怀恩率领的唐回联军又连续攻克燕军所占领的滑州（今河南滑县）、昌乐（今河南南乐县）、魏州（今河北大名县）。于是，燕政府邺郡战区节度使薛嵩，恒阳战区节度使张忠志，分别向朝廷的陈郑泽潞战区节度使李抱玉和河东战区节度使辛云京投降，可是仆固怀恩却命令燕军投降将领各回自己的防地，并暗自拉拢，许愿封官，培植亲信。史朝义被其打败后，仆固怀恩担心自己不被重用，就笼其旧部将领薛嵩、田承嗣、李怀仙、李宝臣等，上疏代宗皇上任他们官职，引起其他众将的猜忌。尤其是李抱玉、辛云京，分别上疏代宗皇上要暗中戒备；仆固怀恩闻知也上疏代宗皇上辩解；代宗皇上回书仆固怀恩，安慰勉励。

回纥可汗出兵助唐朝廷平定史朝义回国，沿途烧杀奸淫，肆虐掠夺，引起陈郑泽潞战区节度使李抱玉的不满，但无人敢去阻止。治下赵城防尉马遂，主动请求担当。回纥大军到达赵城时，马遂先拿贵重礼物贿赂有关将领，提出要求是约束其部下，不得残暴凶杀百姓，否则格杀。回纥军有关将领拿了贿赂手短，马遂也真敢杀了几个回纥犯忌的兵卒，一下子镇住了回纥将士。马遂提醒李抱玉：“‘遂与回纥言，颇得其情。仆固怀恩持功骄蹇，其子玚好勇而轻，今内树四帅，外交回纥，必有窥河东、泽潞之志，宜深备之。’抱玉然之。”（《资治通鉴》卷二百二十）

最初，朝廷向回纥可汗借兵讨伐史朝义，派仆固怀恩前往北京（今山西太原市）与回纥登里可汗药罗葛移地见面。河东战区节度使辛云京，认为药罗葛移地可汗是仆固怀恩的女婿①，唯恐二人联合突击，所以紧闭城门，不迎接、不犒赏。仆固怀恩一肚子气，恨不得活剥了辛云京。等到平定史朝义及河北诸叛军，代宗皇上命仆固怀恩礼送药罗葛移地可汗的部队出塞，又途经北京（今山西太原市），辛云京已得到陈郑泽潞战区节度使李抱玉的使报，仆固怀恩有谋反之心，更是不敢开城门。仆固怀恩大怒，上疏代宗皇上，指控辛云京抗旨无礼。代宗皇上就派宦官骆奉仙为钦差，前往北京（今山西太原市）调查。骆奉仙在辛云京那儿拿了许多好处，自然知道应该如何回禀皇上。回程路过汾州（今山西汾阳县），仆固怀恩的老娘

① 药罗葛移地可汗，回纥一任大可汗药罗葛骨力裴罗之孙，唐肃宗李亨在位时替他孙子向皇家求婚，李亨就把仆固怀恩的大女儿嫁了。

知道骆奉仙和仆固怀恩是结拜兄弟，就设宴款待。席间老太太告诫骆奉仙：“‘汝与吾儿约为兄弟，今又亲云京，何两面也！”（《资治通鉴》卷二百二十三）骆奉仙借酒装糊涂，没有搭理老太太，反而看着仆固怀恩跳舞，似醉非醉地要送他“缠头”①。仆固怀恩原本打算翌日端午再请骆奉仙，可是骆奉仙坚持要走，仆固怀恩就让手下藏其坐骑，骆奉仙不知是好意，先入为主地坚信了辛云京关于仆固怀恩有反意之说，与左右随从乘夜翻墙而逃。第二天一大早，仆固怀恩得知后大吃一惊，即刻派人追去还马。试想，骆奉仙回京能给代宗皇上说仆固怀恩无反叛之心吗？

为此，仆固怀恩也随即上疏，说明了此事的经过，并请求圣上诛杀辛云京等诬陷自己之小人。此时吐蕃事起，代宗皇上担心将帅之间不和，会再起事端，就和稀泥，双方都不责备，发言辞温和诏书，希望彼此和解。

仆固怀恩的性格缺陷使然，他决不会让此事不了了之。他以为，安史之乱以来，自己四处征战，忠心报国，一门之家为朝廷战死四十六人，女儿奉诏远嫁回纥，两次亲历说服回纥助唐，两次亲战收复两京，平定河北，功不可没，而如今为谗言构陷，身欲背反叛之名，朝廷不闻不问，冤屈何了，于是愤极上疏：“‘……臣静而思之，其罪有六：昔同罗叛乱，臣为先

① 缠头，唐代宴会时，与会人士如果特地为某人跳支舞，某人一定要用彩色绸缎馈赠，称为“缠头”。

帝扫清河曲，一也；臣男玢为同罗所虏，得间亡归，臣斩之以令众士，二也；臣有二女，远嫁外夷，为国和亲，荡平寇敌，三也；臣与男玚不顾死亡，为国效命，四也；河北新附，节度使皆握强兵，臣抚绥以安反侧，五也；臣说谕回纥，使赴急难，天下既平，送之归国，六也。臣既负六罪，诚合万诛，惟当吞恨九泉，衔冤千古，复何诉哉！臣受恩深重，夙夜思奉天颜，但以来瑱受诛，朝廷不示其罪，诸道节度，谁不疑惧！近闻诏追数人，尽皆不至，实畏中官谗口，虚受陛下诛夷，岂惟群臣不忠，正为回邪在侧。且臣前后所奏骆奉仙，词情非不摭实，陛下竟无处置，宠任弥深，皆由同类比周，蒙蔽圣听。窃闻四方遣人奏事，陛下皆云与骠骑议之，曾不委宰相可否，或稽留数月不还，远近益加疑阻。如臣朔方将士，功效最高，为先帝中兴主人，乃陛下蒙尘故吏，曾不别加优奖，反信谗嫉之词。子仪先已被猜，臣今又遭诋毁，弓藏鸟尽，信非虚言。陛下信其矫诬，何殊指鹿为马！倘不纳愚恳，且贵因循，臣实不敢保家，陛下岂能安国！忠言利行，惟陛下图之。臣欲公然入朝，恐将士留沮。……’”（《资治通鉴》卷一百二十三）

仆固怀恩愤极上疏，逻辑路线明确：明示否定自己，实为肯定炫功；虚为圣上担忧，实则指责皇上；言是朔方功高，其为自己定位；看似恳切锄奸，暗示不成则反。

史书云：怀恩心迹，于此可见。

二、圣上担忧，颜真卿推荐子仪

唐代宗广德二年（公元764年）正月八日，郭子仪已退吐蕃，外患问题暂时缓解，可是内忧的仆固怀恩问题又提上了日程。代宗皇上欲派检校刑部尚书颜真卿前去朔方安抚。颜真卿认为，当初吐蕃进犯，圣上幸陕州，自己就曾提出前往绛州（今山西新绛县）朔方行营，劝仆固怀恩率军来勤王，圣上不同意，这次自己去，恐怕不合时宜，于是对曰："'陛下在陕，臣往，以忠义责之，使之赴难，彼犹有可来之理；今陛下还宫，彼进不成勤王，退不能释众，召之，庸肯至乎！且言怀恩反者，独辛云京、骆奉仙、李抱玉、鱼朝恩四人耳，自余群臣皆言其枉。陛下不若以郭子仪代怀恩，可不战而复也。'"（《资治通鉴》卷二百二十三）

没过多久，汾州（今山西汾阳县）别驾（州府秘书长）李抱真，即李抱玉的堂弟，知道仆固怀恩要反，就想办法脱身返回京师回报。代宗皇上即刻接见他，问他如何是好。李抱真说："'此不足忧也。朔方将士思郭子仪，如子弟之思父兄。怀恩欺其众云，郭子仪已被鱼朝恩所杀，众信之，故为其用耳。陛下诚以子仪领朔方，彼皆不召而来耳。'"（《资治通鉴》卷二百二十三）

代宗皇上如此权衡仆固怀恩问题的解决，其实他何尝不知道应该用郭子仪去解决问题，可是在心里疑惑没有释怀之前，他想再听听有无他法。什么心里疑惑呢？说穿了还是自己的猜忌心理：仆固怀恩不是郭子仪的部下吗？仆固怀恩不是郭子仪推荐的副元帅吗？郭子仪肯定不会相信仆固怀恩要反吧？朔方军如仆固怀恩上疏中所言“为先帝中兴主人”，且都是郭子仪带出的兵将，自己数次受谗言而轻郭子仪，要是他去也反了呢？既然，像颜真卿这样的朝堂忠臣和李抱真这样的地方官员，都认为只有郭子仪能解决仆固怀恩的问题，亦无他法，但是代宗皇上还是犹豫不决，半个多月没有对郭子仪明确态度，然而，正月十九日，仆固怀恩反叛，命他的儿子仆固玚对北京（今山西太原市）发动攻击，辛云京出城大战，击败仆固玚，叛军又改围榆次，危情已由不得代宗皇上瞻前顾后了。

正月二十日，代宗在延英殿①召见郭子仪说：“怀恩父子负朕实深，闻朔方将士思公如枯旱之望雨，公为朕镇抚河东，汾上之师必不可变。”（《资治通鉴》卷二百二十三）遂即下诏，任命郭子仪为关内、河东战区副元帅，兼河中战区节度使。正月二十九日，代宗皇上又下诏，任命郭子仪为朔方战区节度大使。

仆固怀恩的部属一听到这个消息，口口相传说：“我们跟从仆固怀恩造反，那是不义，还有何脸面见汾阳王！”将士的不满情绪开始蔓延，可见郭子仪的威信与朔方将士们的情感深

① 延英殿，唐大明宫偏殿，代宗时在此召见宰相议政，通常是单日召对，双日休朝。

厚，虽然多年彼此难得相见，依然牢固存在。

二月初，郭子仪抵达河中（今山西永济市），有云南驻军一万多人在那里驻防，将领贪污，士卒残暴，军纪涣散，政府惧怕，郭子仪下马即威，诛杀罪大恶极的将领、士卒十四人，棒打三十人，驻军愕然，未敢再有不服者。郭子仪收复军心后，即率部前往河东。

此时仆固怀恩的儿子仆固玚正率叛军围攻榆次，半个月了还是久攻不下，郭子仪大军到后，仆固玚急调祁县（今山西祁县）李光逸的驻军，并令他们限期赶到榆次增援。一路上将士们吃不饱，疲惫不堪地赶路，怨声载道，将领白玉、焦晖就用响箭射杀落后者。抵达榆次后，仆固玚训斥他们来得太晚，前去征调援兵的胡人将领①则说："我们的骑兵行动迅速，是汉人的兵不行！"仆固玚就鞭挞汉人士卒，一下子惹恼了一路辛苦赶来的将士。当夜，焦晖、白玉就率愤怒的士卒冲进仆固玚的大帐，将其斩杀。仆固怀恩在汾州（今山西汾阳县）得到噩耗，他是个孝子，赶紧进屋跪拜告诉老娘，他老娘厉声指责仆固怀恩："吾语汝勿反，国家待汝不薄，今众心既变，祸必及我，将如之何！"（《资治通鉴》卷二百二十三）仆固怀恩无言以对，叩头出走，他老娘提刀便追，口喊着："吾为国家杀此贼，取其心以谢三军。"（《资治通鉴》卷二百二十三）仆固怀恩幸亏跑得快，率三百骑兵自汾州西渡河，向北逃向灵

① 胡人将领，仆固怀恩是蒙古东部的仆固部落人，其部下多为蕃汉混编。

州（今宁夏吴忠市）。事后，郭子仪念其母忠义，上疏将其接入京城奉养，月余而逝，朝廷依照礼仪将其安葬，其他功臣皆感叹郭子仪忠义。

二月十日，郭子仪率军到达汾阳前，朝廷都虞候张维岳急忙赶到汾阳，诛杀白玉、焦晖，夺其功劳，并派人向郭子仪报功。郭子仪就派帐前牙官（侍卫官）卢谅前去核实。张维岳就贿赂卢谅。于是郭子仪就上报朝廷为张维岳请功，并把仆固玚的人头送到朝廷。等到郭子仪到达汾阳，仆固怀恩所属部将、士卒尽数归属郭子仪，大家欢欣鼓舞，也哀叹令公来晚。这时，郭子仪发现卢谅作伪证，十分震怒，令乱棍将其棒杀，以儆效尤。

自此，仆固怀恩叛乱暂告平息，代宗皇上甚慰，朝堂赞誉郭子仪忠诚！

三、圣心难为，李光弼将星陨落

邙山之败，李光弼遭宦官鱼朝恩诟病，辞官至临淮赴任后，除了克浙东农民起义，再无大的战功，渐至政治边缘，一直郁郁寡欢。肃宗宝应元年（公元 762 年），念其功劳，晋封临淮王，赐铁券。

代宗广德元年（公元 763 年）十月初，吐蕃入寇长安京畿，代宗皇上幸陕，下诏征天下兵马勤王，河南战区副元帅李光弼，因来瑱无辜被宦官程元振诬陷，皇上诛杀一直也没有个说法，加之宦官鱼朝恩邙山贻害心有余悸，所以推托迁延，不肯前去救驾勤王，犯了政治上的大忌。代宗皇上担忧此先例处置不好，今后会产生连锁反应，造成无法挽救的恶劣影响："朝廷方倚光弼为援，恐成嫌疑，数诏问其母。吐蕃退，乃除光弼东都留守，以察其去就。"（《旧唐书》卷一百一十，李光弼等传）那么，代宗皇上的担忧和对策是什么意思呢？依据有关史书，大意解读如下：

其一，代宗皇上担忧诏各路勤王不至，将领们都看着如何处置像李光弼这样朝廷倚重的大帅，如果处置不好，会产生多米诺骨牌效应，说不定天下又要大乱。

其二，代宗皇上知李光弼是个孝子，因此屡次派宦官前往河中（今山西永济市），宣慰李光弼的母亲，显示皇恩，告慰其他将帅。

其三，代宗皇上在吐蕃退兵后，遣使到徐州，拟任命李光弼为东都洛阳留守长官，以试探他的态度。

唐代宗广德二年（公元 764 年）二月中旬，李光弼深知勤王不至，不说代宗皇上如何处置，就是朝中的宦官程元振、鱼朝恩定会不依不饶地加害自己。所以，当使者说明圣意，李光弼就请他谢恩圣上，并推辞说，他的军队还须留在江淮，以确保江淮的租赋能安全运输至朝廷。实际上李光弼托辞，又一次拒绝了奉诏。代宗皇上为了推恩，就请他的老上级郭子仪，把他的母亲接到长安，衣食无忧地供养，还把他的老弟李光进，擢升为禁军将领。当然，有心的旁观者也可以理解为：李光弼的母亲、弟弟，此时已然为人质。

李光弼素来治军严肃，天下服其威名。在军中，他每次发号施令，诸将都不敢仰视他。李光弼因鱼朝恩等宦官的陷害，一朝被蛇咬，十年怕井绳，所以尽管手握重兵，却不肯入朝。久而久之，其部将田神功等私下埋怨他得罪陛下及朝臣，弄得大家今后都没有好前程，所以上行下效，有些事皆不再向他禀告，而无所畏惧。李光弼因愧疚懒政，忧郁而疾，于代宗广德二年（公元 764 年）七月十四日，在徐州都统行营去世，终年五十七岁。

将星陨落，举朝哀悼。代宗皇上辍朝三日，追赠李光弼太保（三公之一，太子太保），谥号武穆。母以子贵，封李光弼的母亲韩国太夫人，两个儿子皆官至一品。与此同时，代宗皇上遣鱼朝恩到李光弼的府邸吊唁，又命京兆尹第五琦监护丧事。十一月，李光弼葬于三原（今陕西三原县），是时，代宗皇上诏群臣百官相送于长安延平门外。

“光弼十年间三入朝，与弟光进在京师，虽与光弼异母，性亦孝悌，双旌在门，鼎味就养，甲第并开，往来追欢，极一时之荣。”（《旧唐书》卷一百一十，李光弼等传）后世最早给予李光弼史评的书，是北宋景德二年（公元 1005 年）出版的政事百科全书《册府元龟》：“自艰难以来，惟光弼行军治戎，沉毅有筹略，将帅第一。”

子夫诗云：双星於辰立乾坤，力挺大厦将欲倾。莫道阴晴疑云路，旭日黎明荷日新。

第十四章　内忧外患，静边卫国

郭子仪（《资治通鉴》卷二百二十五）："郭子仪入朝，上言：'朔方，国之北门，中间战士耗散，什才有一。今吐蕃兼河、陇之地，杂羌、浑之众，势强十倍。愿更於诸道各发精卒，成四、五万人，则制胜之道必矣。'……郭子仪辞还邠州，复为上言边事，至涕泗交流。"

唐代宗广德二年（公元764年）二月十日，郭子仪传仆固玚的首级至京师，群臣入宫朝贺，代宗皇上惨然而曰："朕信不及人，致勋臣颠越，深用为愧，又何贺焉。"（《资治通鉴》卷二百二十三）二月二十日，代宗皇上大赦天下，一直还念及着仆固怀恩，对其留在朝廷的家属特别优待。

一、引狼入寇，郭子仪再战怀恩

唐代宗广德二年（公元764年）六月，仆固玚命丧汾州、仆固怀恩西走灵武后，又集结残兵败将，军力再度强大，并派人送财物给回纥、吐蕃，准备引入攻唐。六月十七日，代宗皇上闻讯，仍然想怀柔仆固怀恩，于是下诏，称赞其过去的功勋，原谅其过失，检讨自己因小人挑拨是非而生猜忌，希望我们君臣能和好如初，虽然解除了你的河北副元帅、朔方节度大使之职，那是因为河北已平定，但是仍然保留你的太保、兼中书令和太宁郡王，冀你安心回京。仆固怀恩拒而不从，丧子之仇岂能不报？八月初，遂引回纥、吐蕃十万余众入寇，京师惊骇震动。

八月上旬，代宗皇上急召郭子仪回京"延英召对"①，问计于他：

"仆固怀恩不可能有作为。"郭子仪对曰。

"为什么这么说呢?"代宗皇上问。

"仆固怀恩虽然作战骁勇，但对部下很少推恩，将士们心有不服。他之所以能鼓动部下随回纥、吐蕃一同南下来犯，只是利用了将士们思乡之情。仆固怀恩本是我的部将，其旗下将士都是我的老部下，必不忍心与我刀兵相见，所以我知道他不可能有作为。"郭子仪对曰。

"延英召对"，使得代宗皇上心里有底了，于是派郭子仪出镇奉天（今陕西乾县)，率军拒之。

① 延英召对，延英殿为唐大明宫偏殿，从代宗时起，皇帝每有咨事，或宰相有所奏启，即在此殿召对。

八月十六日，郭子仪从京师出发，前往奉天。

九月十七日，代宗皇上接受了郭子仪行前的“瞒天过海，以战促和”的建议，下诏任命郭子仪担任北道（今甘肃天水市）、邠宁（今陕西彬县）、泾源（今宁夏泾源县）、河西（今陕西关中东部）通和吐蕃使，一方面迷惑敌方，另一方面预留和解空间。

九月二十日，郭子仪得斥候来报，吐蕃大军已逼近邠宁（今陕西彬县），就派自己的儿子、朔方战区兵马使郭晞，率数万将士前往，与右翼兵马使李国臣、邠宁节度使白孝德，合兵一处，共同抗击，至十月初，连战于宜禄（今陕西乾县）、邠宁，大败吐蕃入寇。此刻，仆固怀恩又引回纥大军前来增援，吐蕃败军又士气大增，潮水般地一波一波攻城，白孝德、郭晞紧闭城门，据守抗敌。仆固怀恩一看久攻不下，就分兵两线作战，一线由自己亲率回纥、吐蕃大军绕过邠宁南下，直奔奉天，威逼长安；一线继续围攻邠宁城，牵制守城的唐军，防止其出城增援，造成腹背受制。

十月四日，仆固怀恩与回纥、吐蕃联军逼近奉天，唐军将领纷纷要求出战。郭子仪不准，说：“夫客兵深入，利在速战，不可争锋。彼皆吾之部曲，缓之自当携贰；若迫之，是速其战，战则胜负未可知。敢言战者斩。”（《旧唐书》卷一百二十，郭子仪传）众将得令，连续三天，坚壁待之。

十月七日夜晚，郭子仪大军在乾陵南列阵，构筑工事，以逸待劳，准备决战。仆固怀恩与回纥、吐蕃联军，原以为郭子仪连日不出战，是胆怯了，准备突袭奉天城，结果十月八日拂晓，忽然见到郭字帅旗下旌旗猎猎，千军万马，严阵以待，不战而退。郭子仪即刻派偏将李怀光率五千精骑兵追击，联军溃败北上，又回到邠宁集结。十月十三日攻城，至二十一日，还是久攻不下，担心郭子仪大军北上夹击，不得不蹚过泾水东逃。

十月底，郭子仪再战仆固怀恩得胜自泾阳（今陕西泾阳县）还朝。代宗皇上御驾西苑内的安福门接待，命郭子仪在楼上行朝见之礼，然后执手入殿，与群臣盛宴，赏赐隆厚。

二、卷土重来，郭子仪三战怀恩

唐代宗永泰元年（公元 765 年）三月十九日，吐蕃国派使者前来京师求和。代宗皇上询问郭子仪如何，郭子仪认为，吐蕃的意图十分明显，就是让我们从此不再设防，那样的话，国家就要亡。于是，代宗皇上听从了郭子仪的建议，陆续调军队进驻奉天周围，同时派出游骑兵在泾州平原地带侦察吐蕃军的动向。

七月四日，代宗皇上为感念郭子仪的忠诚和对大唐的功勋，巩固君臣之牢不可破的关系，把皇女升平公主下嫁给了郭子仪的第六个儿子郭暧。郭子仪从此成为皇亲国戚，备受百官敬重。

九月初，仆固怀恩再次诱使回纥国、吐蕃国以及吐谷浑、党项、奴剌等部落三十余万兵力，开始对唐朝展开攻击。其中，吐蕃大将尚结悉赞摩、马重英等自北道（今甘肃天水市）向奉天挺进；党项部落大将任敷、郑庭、郝德等自东道（今湖北襄阳市）向同州（今陕西大荔县）挺进；吐谷浑、奴剌之众自西道（今陕西汉中市）向盩厔（今陕西今县）挺进；仆固怀恩又安排回纥军继吐蕃军之后，自己率军又继回纥军之后，多路大军，来势汹汹，沿途攻城略地，大肆掠夺，京师再次惊骇震动。

此时郭子仪正在河中（今山西永济市），面对严峻的形势，立刻派行军司马赵复赶赴京师，向代宗皇上奏报建议：入寇皆骑兵，其来如飞，不可掉以轻心，应请诸道节度使：凤翔（今陕西凤翔县）的李抱玉、滑濮（今河南开封市）的李光庭、邠宁（今陕西彬县）的白孝德、镇西（今四川威远县）的马璘、河南的郝庭玉、淮西（今河南汝南县）的李忠臣，各出兵入援，扼守险要。郭子仪当下只是关内、河东战区的副元帅，可是给代宗皇上的奏报建议，却是站在天下兵马元帅的角度，所谓兵来将挡、水来土掩，战略布局稳妥，代宗皇上没有理由不从之。可是老问题又来了，诏书是按照郭子仪的建议下达给各个节度使了，但是诏书中没有明确谁来统帅。所以各路节度使都没有立即发兵。只有淮西战区的节度使李忠臣，诏书到达时，他正在和将领们蹴鞠①，将领们就建议选一个黄道吉日出兵。李忠臣闻知大发雷霆道："谁家爹娘有难，做儿女的还要选个好日子才去救!"于是当天就发兵驰援。

九月八日，又是天助大唐，仆固怀恩进军入寇途中暴病而亡，入寇各路军马六神无主，给了唐军各个击破的机会。

九月十五日，吐蕃军十万兵临奉天城下，京城大为恐慌。郭子仪认为仆固怀恩已死，入寇无主，定是无心恋战，掠夺财物为主，应乘其扎营未稳，奇兵突袭，打个措手不及，乱中取胜。朔方军兵马使浑瑊、讨击使白远光就按郭子仪的部署，在吐蕃军刚刚扎好营寨时，浑瑊亲率二百铁骑杀入寨中，横冲直撞，敌军顿时大乱，还没有缓过神来，这股旋风般的突袭虏走了一大将，突击将士毫发无损地回到奉天城内。到了晚上，唐军奇兵又突袭吐蕃军营寨，混乱中斩杀吐蕃军士一千多人。接连几天的突袭，吐蕃军士五千余人丧命，搞得将士无心再战，不得不退，长安危机遂解。

这时代宗皇上才明白过来，还得郭子仪坐镇指挥，于是九月十七日，诏郭子仪屯泾阳（今陕西今县）拒敌，自己在九月二十一日，只是声称要御驾亲征。

十月九日，郭子仪指挥各路节度使，各个击破入寇，回纥、吐蕃大肆掳掠数万男女百姓北撤至泾阳城下时，回纥与吐

① 蹴鞠，即中国古代的足球，无球门的散踢，起源于春秋战国时齐国的都城临淄。

蕃为了争夺领导权，内部开始分裂，两军分别扎营，相互戒备。郭子仪得斥候报知，回纥大军安营扎寨于泾阳城西，心想利用朝廷曾与回纥联手平乱的前缘，分化瓦解回纥军与吐蕃军，联回驱逐吐蕃。于是郭子仪派帐前牙将李光瓒前往回纥军游说，希望联合驱逐吐蕃。与此同时，郭子仪深知自已的守城部队才万把人，要有和战两手准备。所以，当他派出李光瓒出使的同时，部署部将李国臣、高升据守东门，魏楚玉据守南门，陈回光①据守西门，朱元琮据守北门，自己率甲骑二千在城中策应各门。李光瓒出使回纥军，其首领不信郭子仪在世："郭公固在此乎？汝绐我耳，若果在此，可得见乎？"（《资治通鉴》卷二百二十三）回纥军首领之所以不相信郭令公在此，是因为此次入寇时唯独忌惮郭令公，仆固怀恩哄骗说郭子仪已经被鱼朝恩害死，唐朝中已无大将。所以，当李光瓒回报时，郭子仪认为，现在是敌众我寡，难以力胜，昔日与回纥有约甚厚，不如挺身前去而说服。众将一听纷纷不同意老帅以身犯险，就是去也要带上骁勇将领和五百铁骑做卫队。郭子仪不同意如此，认为这样做非但不能保护得了自己，反而会惹出麻烦。于是翻身上马，独进敌营。郭晞一看这还了得，上前拦在

① 陈回光，郭子仪手下大将，早年郭子仪在木剌山任安北都护使时他还是一个小小的军士。有一年冬天，朝廷送来后宫嫔妃侍女缝制的冬衣，陈回光发现冬衣的口袋有一笺小诗："蓄意多添线，含情更著棉。今生已过也，结取后生缘。"郭子仪就上疏玄宗皇上，最后找到侍女，成就了一段美好姻缘，佳话千古。陈回光随后一直跟随郭子仪，屡立战功。

马前，恳劝道：“‘彼，虎狼也！大人，国之元帅，奈何以身为虏饵！’子仪曰：‘今战，则父子俱死而国家危；往以至诚与之言，或幸而见从，则四海之福也！不然，则身没而家全。’以鞭击其手曰：‘去’！”（《资治通鉴》卷二百二十三）郭子仪大忠大义，置生死于不顾，只带随从数人出城，至回纥大营前，命随从大声传话：令公来也！

一声“令公来也”震撼了回纥大营的辕门。回纥大帅胡禄、都督药葛罗闻声大吃一惊，遂出大帐，翻身上马，张弓以待。只见辕门口人高马大一将军，银盔、银甲、银枪、白马，须髯皆白，不怒自威。紧接着，只见郭子仪免胄、释甲、投枪、下马，徐徐而进。胡禄和药葛罗相觑而曰：“是令公也！”随即下马，跪叩而迎。

郭子仪上前执手而抚，埋怨道：“贵国曾有大功于朝廷，大唐也待你们不薄，为什么还要辜负盟约，深入我朝之地，侵逼京畿？这不是前功尽弃而结冤仇吗？如此背恩德而助叛臣，是多么的愚昧啊！而且，怀恩叛君弃母，不忠不孝，与你们有何好处呢？我今天敢独自前来，就不怕你们杀剐，到那时我的部下将与你们血战到底！”

都督药葛罗歉意地解释道：“令公有所不知矣！怀恩欺骗我们，说我们的天可汗①已驾崩，令公也不在人世，天朝无主，我们才敢与他一起出兵。今天方知天可汗在朝，令公又统

① 天可汗，回纥称谓唐朝的皇帝。

帅大军至此，怀恩已遭天谴，我们怎敢与令公为敌一战！”

郭子仪因势利导道：“吐蕃太不讲情义了，乘我朝内乱，全然不顾舅父与外甥①的亲情关系，吞并我朝的边疆，焚烧掳掠我京畿，其所掠夺之财不可胜数，猪马牛羊漫山遍野，长达数百里。这可是上天赐给你们的机会，只要你们抓住机会，与我朝共同破之，夺取其财富，不伤一兵一卒，这就是我来送给你们的一计，机不可失，时不再来啊！”

药葛罗又请求道：“我们深知被怀恩所蒙蔽，有负令公多年的恩眷。现在我们决定为令公尽力，击退吐蕃以谢罪。不过怀恩的儿子是我们皇后的弟弟，希望得到赦免。”

郭子仪许诺一定办到。就在此时，回纥在辕门外的左右翼部队突然进入战斗状态，原来郭晞等将领还是担忧郭子仪的安危，派五百精骑兵卫队跟进至辕门外，形成了对峙。郭子仪闻讯走出大帐，镇定自若地向唐军挥手却之，化险为夷。然后命随从取出备好的酒，欲与各位回纥酋长共饮。药葛罗上前请求，先浇酒盟誓。于是郭子仪首先举杯，敬天敬地，洒酒盟誓，仰天大呼：“大唐天子万岁！回纥可汗万岁！两国将相万岁！有负约者，身殒阵前，家族灭绝！”杯至药葛罗手中，他一听令公如此盟誓，无言再表，只说了四个字：“如令公誓！”至此，回纥各部落酋长甚是欢喜，其中一位酋长说：“芗以二巫师从军，巫言此行甚安稳，不与唐战，见一大人而还，今果

① 外甥，唐朝公主嫁吐蕃，所以唐朝以舅家自居。

然矣。”（《资治通鉴》卷二百二十三）

好一个预言：“不与唐战，见一大人而还。”郭子仪秉天命单骑而行，力挽狂澜于平静，拯救大唐于水火，垂青史于千秋，天意也！

吐蕃闻讯，夜引兵遁去。药葛罗率军追击，郭子仪派招讨使白元光大将率精锐骑兵跟进，十月十五日，在灵台（今甘肃灵台县）西原与吐蕃军大战，完胜吐蕃军，斩敌以万人计算，夺回其所虏男女百姓四千余人；十月十八日，郭子仪所部又在泾州东（今甘肃泾川北）大破吐蕃军；十月十九日仆固怀恩旧部将张休藏等向郭子仪投降。

十月二十三日，代宗下诏取消御驾亲征，京师戒严解除，大唐转危为安。

三、忧国忧民，郭子仪始平割据

唐代宗永泰元年（公元 765 年）十月二十四日，郭子仪命开府仪同三司慕容休贞写信给党项各部将领，其领军将领郝德、郑挺等率部前往凤翔（今陕西凤翔县）投降。至此，第二次入寇战争尘埃落定。由于从玄宗、肃宗、代宗祖孙三代对回纥的绥靖政策，十月二十七日，回纥国胡禄都督等二百余人到长安觐见皇上，代宗皇上前后共赏赐绢及棉布十万匹，府库空竭，不得已乃税百官俸禄给予。郭子仪上疏代宗皇上，认为灵武收复不久，京畿之地已被掠夺一空，百姓疾苦，民不聊生，西北各族部落仍心有余悸，建议任命朔方战区粮食总监，协调解决民以食为天的问题，同时派钦差前去抚慰当地官民，并设置凉州（今甘肃武威市）、甘州（今甘肃张掖市）、肃州（今甘肃酒泉市）、瓜州（今甘肃安西县）、沙州（今甘肃敦煌市）等地长使，以督办民生问题，代宗皇上全都应允。不仅如此，郭子仪还带头把自己的职田缴还给朝廷①，百官跟进，用以充实军队的粮食。

十月底，郭子仪返回河中（今陕西永济市），在自己的辖区推行武装屯垦，亲耕百亩荒地为倡导，各级将领依照百亩为标准，依等级顺序减少。郭子仪的率先垂范，不用劝告，亦不用奖励，全军将士自觉开荒种田，至当年底，河中郊野已无荒地。一年后，河中战区不仅粮食自给有余，还积极用于支持当地政府解决民生问题。

唐代宗大历元年（公元 766 年）十二月二十二日，同华战区（今陕西大荔县）节度使周智光，诛杀陕州（今河南三门峡市）监军宦官张志斌。起因是张志斌进京述职，途经同州，本来就看不惯周智光飞扬跋扈，在官驿当面斥责他军风军纪败坏。周智光大怒，咆哮道："仆固怀恩本来没有反心，都是被你们这些狗宦官给逼的。我今天也没有反心，为了你这鼠

① 职田，唐制规定：一品职分田十二顷，二品十顷，三品九顷……九品二顷，且都在百里内之地。

辈就反了！”于是下令把张志斌拉出官驿斩首，将其身体剁成肉糜，分给将士们吃掉，以解心头之恨。如此一来，周智光知道自己罪不可赦，索性开启了藩镇割据的先河，不仅拥兵自重，擅自截留关中漕运的关东米二万斛以及关东各藩镇给朝廷的贡品，而且纠集亡命无赖之徒数万人，纵其剽掠周边各州县。十二月底，各州所选举的学子入京应试，闻周智光之残暴，都纷纷绕道而行。周智光闻报恼羞成怒，派兵途中截杀，死者甚众。郭子仪闻讯，深知藩镇割据之害，如不及时平息，恐成燎原之火，所以屡次上疏，请求带兵讨伐，代宗皇上始终不允，恐怕是担心好不容易刚消停下来的边患，内忧还是要安抚，息事宁人。

十二月二十七日，代宗皇上下诏给周智光，封官许愿，授周智光朝廷检校左仆射（左最高执行长），并派宦官余元仙前去宣旨。周智光见又是宦官，气就不打一处来，当面破口大骂：“‘光有大功於天下国家，不与平章事而与仆射！且同、华地狭，不足展材，若益以陕、虢、商、鄜、坊五州，庶犹可耳。’因历数大臣过失，且曰：‘此去长安百八十里，智光夜眠不敢舒足，恐踏破长安城，至於挟天子令诸侯，惟周智光能之。’元仙股栗。”（《资治通鉴》卷二百二十四）周智光开藩镇割据之先河，猖狂至极，可见一斑，后续又有河北、河南藩镇割据，朝廷内忧不断。

唐代宗大历二年（公元 767 年）正月，代宗皇上闻知周智光依然在华州（今陕西渭南市）劫夺朝廷贡粮，且有动向举兵攻夺陕、虢、商、鄜、坊五州，于是下密诏给郭子仪，讨伐周智光。郭子仪命大将浑瑊、李怀光驻军渭水，大军浩浩荡荡，仗还没有开打，周智光部下一听是郭子仪大军到来，军心瞬间瓦解，其部下大将李汉惠，干脆直接率部下开出同州（今陕西大荔县），向郭子仪投降，不战而胜。

先有郭子仪单骑不战屈人之兵，现有郭子仪靠威名不战而胜，代宗皇上及满朝文武心悦诚服，大唐之幸也！于是，当二月六日郭子仪进京朝见，代宗皇上即命宰相元载、王瑨，宦官鱼朝恩等，轮流在家设家宴宴请郭子仪，盛宴空前，每次费用都高达十万串，代宗皇上也对郭子仪十分礼遇，只称其为“大臣”而不呼其名。郭子仪深感这个“大臣”的“不大”；代宗皇上深知这个“大臣”也“太大”……

子夫诗云：帅字旗下将军威，单骑信步取胜回。大唐有此英名在，苍生牧马阴山归。

第十五章　智者无惑，仁者无敌

郭子仪（《旧唐书》卷一百二十，郭子仪传）：“德宗即位，诏还朝，摄冢宰，充山陵使，赐号（尚父），进位太尉、中书令，增实封通计二千户，给一千五百人粮，二百匹马草料，所领诸使副元帅并罢。诸子弟女婿拜官者十余人。”

郭子仪性情宽厚，做人非常低调，晚年还身兼十数要职，虽初心不改，但力所不逮，军纪政令松懈，代宗皇上在世时就想分其权力，郭子仪也心中明白，该到了“敌国破、良弓藏”的时候了。

一、老当益壮，郭子仪初心不改

唐代宗大历三年（公元 768 年）十一月，宰相元载上奏代宗皇上，认为郭子仪率朔方军驻守河中（今山西永济市），而吐蕃经常犯境，建议让吐蕃敬畏的郭子仪移师邠州（今陕西彬县），镇边保境，代宗皇上准奏。至唐代宗大历九年（公元774年）的六年间，七十七岁的老将郭子仪，以朔方军不足天宝年间十分之一的兵力，年年击败吐蕃的进犯，关中地区得以免遭涂炭，长安得以平安。

唐代宗大历九年（公元774年）二月二十四日，郭子仪进京朝见皇上，劝告代宗皇上要关注朔方、关注吐蕃、关注强军，在返回邠州（今陕西彬县）防地前，又上疏备论边疆军事，上疏的结尾处写道："'臣猥蒙任遇，垂二十年，今齿发已衰，愿避贤路，止足不诫，神明所鉴。'诏曰：'卿忧深虑远，殊沃朕心，始终依赖，未可执辞也。"（《旧唐书》卷一百二十，郭子仪传）所以，代宗皇上虽有心分散郭子仪的权力，但终要依赖，于心不忍，直到自己去世前，仍在御用郭子仪东拼西杀，立威镇国。

唐代宗大历十四年（公元779年）五月二十一日，代宗皇上染病不治，在紫宸殿①去世，遗诏以郭子仪摄冢宰。什么意思呢？

摄冢宰，是唐朝中期的一种特殊的政治制度安排。唐朝肃宗以后，很少再设中书令，也就是说宰相无首次之分，大家轮流值守，宰相的个人权力得到限制，而皇权得以加强。但是，如果皇帝病重、或初驾崩、或新君始立等特定时空下情况发

① 紫宸殿，唐大明宫三大殿之一，皇帝日常议事的常朝之地。

生，为了避免决策上困难，从代宗皇上开始，就出现了临时首相负责制的官职，即选中宰相中的一位做“摄冢宰”，行使摄政职权。

那么，为什么选中的是郭子仪呢？郭子仪虽然也是宰相团队的一员，但是长期在外驻防、征战，所以，象征意义多于实际意义，不经常与三公、三师、中书令及同三品入政事堂决策议事。因此，代宗皇上临终遗诏郭子仪“摄冢宰”，看中的不是他的政府决策经验，而是品德和威望，也是某种意义上新君的顾命大臣。德宗皇上即位，赐郭子仪“尚父”名号，也是遵从先帝意思，借此巩固自己的皇位。“尚父”意为可尊敬的父辈。此时，郭子仪已是八十二岁的高龄，初心不改，辅助新皇，尽忠尽责。

二、立德修身，郭子仪功成身退

郭子仪少年习武，至考取武状元功名，是玄宗、肃宗、代宗、德宗四朝时期将帅中唯一科班出身的。在父亲和诸多恩师的教导下，是武德双修、性命双修的。安史之乱伊始，郭子仪临危受命，已是知天命的阶段。知荣辱，知进退，夫唯不争。

唐玄宗天宝十五年（公元 756 年）正月，李隆基诏朔方节度使郭子仪，让其遴选优秀将领分兵出井陉，郭子仪毫不犹豫地推荐了帐下的左兵马使李光弼。李光弼任河东节度使，与郭子仪职位比肩。史言郭子仪外举不避仇。

唐肃宗乾元二年（公元 759 年）七月，郭子仪因邺城之败主动请辞，虽然主要责任不在他，又有观军容使宦官鱼朝恩构陷，朔方将士闻讯哭泣流泪、途中拦阻。郭子仪坦然而去。

唐肃宗乾元三年（公元 760 年）正月，因襄州（今湖北襄阳市）党项犯境，肃宗皇上再起用郭子仪，只是利用他的威名镇抚，仍留京师，并不实际到任。郭子仪听之任之，毫无怨言。同年九月，有官员上疏，天下还没有安定，不应该把郭子仪放在闲散的位置，肃宗皇上下诏郭子仪统领四大战区七万余人攻击范阳敌巢，诏书下达十天后又因宦官鱼朝恩百般阻挠未能成行。郭子仪逆来顺受。

唐肃宗宝应元年（公元 762 年）三月，绛州兵变，新生代将领没有能力说服镇压，肃宗皇上再起用郭子仪，封汾阳王，统帅六战区兵力，临终顾命，平乱成功，因宦官程元振猜忌诟病，郭子仪为了不给新帝代宗添堵，又请辞所有职务，认为仆固怀恩平定河北有功，向代宗皇上建议，把副元帅职位让与。郭子仪功成身退。

唐代宗广德元年（公元 763 年）十月，吐蕃进犯，代宗皇上幸陕，各路军马勤王犹豫不前，又起用赋闲已久的郭子仪，集结散兵二十余人，赤胆忠心，义无反顾，第二次担当收复两京，代宗皇上感慨：“不能早用你，才到这个地步！”郭子仪宠辱不惊。

唐代宗广德二年（公元764年）十二月，郭子仪二次平定仆固怀恩及入寇，有大功于朝廷，代宗皇上欲加封郭子仪为尚书令①，郭子仪恳辞不受。代宗皇上又命五百骑兵护卫，催促他到官署就任，郭子仪上表奏道："太宗皇帝曾任此职，因此历代皇帝都不再任命。皇太子任雍王，平定关东，才授此职位，更不是自己卑微之臣所能拥有，怎能偏爱我，违背祖制。而且平叛之后，冒领赏赐的人很多，甚至一人兼数职，贪图升官而不知廉耻。现在叛贼基本平定，正是振朝纲审计监察百官的时候，应该从我开始。"代宗皇上无奈，只好应允。郭子仪"夫惟不争，故天下莫能与之争②。"

三、谨言慎行，郭子仪忠孝齐家

郭子仪是大唐中兴的头号功臣，四朝元老。在二十多年任朝廷命官的过程中，在夫人王氏的辅助下，虽仕途大起大落，力战惊涛骇浪，屡屡规避风险，但始终谨言慎行，忠孝齐家。有几个案例佐证：

其一，安史之乱之初，郭子仪受命东征河东，夫人王氏举家住在长安以西，后又随皇室因战乱搬迁三次，在此期间她教

---

① 尚书令，唐朝的官制"三省六部制"中的门下省、尚书省和中书省三省长官都是宰相，而尚书令之职可统领百官，是首席宰相，所以在唐朝只有皇帝才能担任此职务。

② 夫惟不争，语出老子《道德经》。

导众子女行为礼仪、典章规范、遵纪守法；自己举止得体，尊贵威仪，率先垂范，得到了皇上多次褒奖和特别封赏。夫人王氏与郭子仪聚少离多，但心有灵犀，有着超凡脱俗的气度，认为事极必衰、物极必反，于是放弃世俗繁华，晚年皈依佛门，在家设置禅室，悉数捐出衣服首饰和部分产业给法门寺订经修塔，修得了一辈子的荣华富贵。夫人膝下的六子八女，因教导有方，皆成国家栋梁，显贵繁盛。唐代宗大历十二年（公元公元777年）正月，郭子仪夫人王氏去世时，郭子仪尽忠在外征战，圣上派特使吊唁，赐予丧葬之物；圣上之女（郭暧的妻子）亲做寿衣，行丧葬之礼，子女全部按礼守丧；上至富贵，下至平民，丧车所经之处，无不恸哭流涕；宰相杨琯知郭子仪思念情深，受托特别立碑撰文，为后人留念。

其二，唐代宗广德二年（公元764年）十一月十四日，郭子仪率大军在乾陵大败仆固怀恩入寇联军，又在邠州（今陕西彬县）城下再次击溃仆固怀恩的入寇联军，取得胜利后，郭子仪自前线行营返京师，让儿子郭晞与大将白孝德共同留守邠州。郭晞的部下因战功骄持，掳掠烧杀，无人敢管。节度使白孝德因其是郭帅的儿子，且与自己过命守邠州，不知如何开口告知他。泾州州长段秀实自告奋勇当战区总纠察官，前去处理。当时正好有士卒七人在街上买酒，发生纠纷，就用刀刺死了酒保，段秀实不仅把他们就地正法，而且用长枪挑着他们的人头竖在市场门口，以儆效尤。郭晞的军营闻讯炸了锅，士卒铠甲上身，持刀枪呐喊震天，准备发动攻击。白孝德一听来报，顿时吓坏，都是朔方兵啊，急唤段秀实应对。段秀实胸有成竹地说："没关系，我去化解！"白孝德要派军士保护前往，段秀实拒绝，只带了一个跛脚的牵马老汉，走进了郭晞的军营大门，立刻被军士围住。段秀实镇定地说："为了一个老兵，你们至于铠甲上身，动刀动枪的吗？"军士们一听愣住了，一时不知所措。段秀实因势利导道："你们的郭将领有什么地方对不住你们吗？郭令公又有什么地方对不住你们？为什么一定要毁了郭家？"郭晞此时刚刚闻讯，急忙赶来接见段秀实。段秀实一见面就没有客气，言辞凿凿道："'副元帅勋塞天地，当念始终。今常侍恣卒为暴，行且致乱，乱则罪及副元帅；乱由常侍出，然则郭氏功名，其存几何！'"（《资治通鉴》卷二百二十三）郭晞不待段秀实说完，即跪拜叩头说："幸而先生告诉我道理，恩德重大，岂敢不从先生命！"然后顾左右而呵斥，卸甲回营，敢喧哗者斩。当晚，段秀实留宿军营，郭晞彻夜不脱衣戒备，加派警卫巡逻保护。第二天郭晞随段秀实前往白孝德行营，为军纪不严而道歉，坦言改过，邠州至此无患。

其三，唐代宗大历二年（公元 767 年）二月，郭子仪的儿子郭暧与升平公主因为父亲过七十大寿①的琐事吵架，升平公主摆出一副皇家派头不依不饶，郭暧愤怒地口无遮拦说："汝倚乃父为天子邪？我父薄天子不为！"（《资治通鉴》卷二

① 七十大寿，郭子仪生于公元 697 年，到公元 767 年寿诞七十，为大寿。

百二十四）那意思是，你仗着你老爹是皇帝吧，老实告诉你，我老爹根本瞧不上，是不屑做罢了。升平公主气得直接回宫，向代宗父皇哭诉。代宗皇上听罢安抚道："此非汝所知。彼诚如是，使彼欲为天子，天下岂汝家所邪！"（《资治通鉴》卷二百二十四）代宗皇上雅量，说得不错，郭子仪想当皇帝早就是了。郭子仪闻讯大吃一惊，这种大逆不道的话竟是自己儿子口出，一生小心翼翼的郭子仪想都不用想就知道结果如何，也顾不着和夫人王氏商量，即刻命家将把逆子郭暧捆绑起来，押至代宗皇上面前叩拜请罪，杀剐悉听尊便吧。代宗皇上心里明白，郭子仪是大唐再造之功臣，因女婿一句气话就斩杀郭氏父子，天下人也不会答应啊！于是代宗皇上笑呵呵地扶起郭子仪，换了一种方式，幽默地道："'鄙谚有之，不痴不聋，不作家翁。儿女闺房之言，何足听也！'"（《资治通鉴》卷二百二十四）郭子仪谢恩而退出，回府当着升平公主的面打郭暧十棍，只打得升平公主又心疼不已。这段故事，就是后来改编成晋剧的《打金枝》，流传至今。

其四，唐代宗大历三年（公元 768 年）二月十九日，郭子仪在河中驻防时颁布军令，禁止官兵没事在大街上纵马奔驰，扰民必斩。可是夫人王氏乳娘的儿子偏不在乎，纵马骄持，被都虞候（纠察官）用军棍打死。郭子仪的儿子们向父亲哭诉，指控都虞候骄傲蛮横，一点情面也不讲。郭子仪大怒，把他们统统骂走。第二天，郭子仪有意把这件事告诉幕僚及侍从官员，数度叹息道："子仪诸子，皆奴才也。不赏父之都虞候而惜母之乳母子，非奴才而何！"（《资治通鉴》卷二百二十四）唯其知不徇私情，方能立言立威，遵纪守法。

四、忠恕待人，郭子仪朝野不忌

郭子仪的汾阳郡王府，在长安亲仁坊，规模宏大，家人三千，聚族而居。该府邸原是唐玄宗父皇睿宗所住，因郭子仪"元勋既崇，殊赏斯至"，可谓显赫。郭子仪在家时常要求下人不要关门，也不在门口设有护卫，不论是自家人还是过往行人都可以随便出入郭府，没有任何限制。有一次，郭子仪手下有位将军即将出征，特意前来向郭子仪辞行，由于不需要通禀，这位将军就直接来到郭子仪的房门前。此时郭子仪的妻子和女儿正在梳妆打扮准备出门，郭子仪则在一旁伺候着，一会儿递毛巾，一会儿端盆水，将军心里越想越觉得不妥，更不像话的是还开着大门，让来人都看到了，认为这是有辱大元帅的尊严。辞行出来后他与郭晞谈了自己的想法，郭晞回去后就劝说父亲摆出威严来，堂堂一个显赫的家庭不能如此随便。郭子仪却说，郭府虽然人员众多，但都是靠朝廷给的俸禄养活，如果郭府一直都大门紧闭，不是给有心人找到理由来找郭府的麻烦嘛。现在打开大门，就是让所有人都监督郭府，有心人即使想诬告也没有理由了。郭子仪手下的李光弼、仆固怀恩、浑瑊等都是贵为王公的，到他家无论是办事还是问候，都可以如同在家，随意走动，也常被郭子仪或夫人王氏呼来唤去，甘愿受其支使，以至于连郭子仪的其他家人也把他们当仆人使唤，且毫无怨言。

唐代宗在位的后期，朝廷逐渐显现了三个政治强人，即掌管天下兵马的郭子仪，朝堂大权在握的首席宰相元载，内廷独掌禁军的宦官鱼朝恩。而表面上看，代宗皇上只要小心平衡好三者的关系，就算稳定了基本的政治格局。其实不然，代宗皇上实际上是要靠郭子仪来制衡元载和鱼朝恩，假以时日除之。因为郭子仪忠诚可靠，又是亲家，不会危及皇权。但是在这个“三角关系”中，元载和鱼朝恩为了争宠、争权，对郭子仪既联合打压，又拉拢依靠。

唐代宗大历二年（公元 767 年）十二月四日，有盗墓贼挖掘了郭子仪老爹的墓，长安尹派官兵搜捕无获，坊间就传得沸沸扬扬，说是鱼朝恩向来妒忌郭子仪，阳的斗不过就玩阴的，定是他主使的。此时郭子仪正好从奉天（今陕西乾县）回朝述职，百官万分忧虑，鱼朝恩百口难辩，元载幸灾乐祸，代宗皇上更是忧心忡忡。挖人祖坟之事要遭天谴的，况且郭子仪手握天下雄兵，一旦发难，不可收拾。郭子仪在延英殿觐见，代宗皇上小心翼翼地提及此事，郭子仪哭泣道：“臣久将兵，不能禁暴，军士多发人冢。今日及此，乃天谴，非人事也。”（《资治通鉴》卷二百二十四）代宗皇上闻言，如释重负；郭子仪如此识大体，朝野民心方行安定。

唐代宗大历四年（公元 769 年）正月，鱼朝恩为代宗皇上之母章敬太后修建的章敬寺竣工，适逢郭子仪进京述职，鱼朝恩为缓解两人的关系，主动伸出橄榄枝，派专人送去请柬，请郭子仪前来参观进香。元载闻讯担忧：“元载恐其相结，密使子仪军吏告子仪曰：‘朝恩谋不利於公。’子仪不听。吏亦告诸将，将士请裹甲以从者三百人。子仪曰：‘我，国之大臣，彼无天子之命，安敢害我！若受命而来，汝曹欲何为！’”（《资治通鉴》卷二百二十四）当鱼朝恩迎接郭子仪到来，见其随从仅几个人，大为惊奇。郭子仪就把来前听到的消息告诉了鱼朝恩，并且淡定地笑着说：“人带得多了，怕你动手的时候麻烦。”鱼朝恩捶胸顿足，赌咒发誓，紧紧拉住郭子仪的手，眼泪汪汪地说：“绝无伏兵之事，如果你不是一位忠厚的长者，岂能不对我疑心啊！”

唐代宗大历八年（公元 773 年）十月，魏博节度使田承嗣为安史父子立“四圣堂”起兵造反。郭子仪遣使至田承嗣所在驻地劝阻，田承嗣西望跪而拜之曰：“此膝不屈於人若干年矣！”独尊拜郭子仪。

唐代宗大历十一年（公元 776 年）五月，汴州（今河南开封市）都虞候李灵曜杀兵马使孟鉴造反，凡过汴州的公物、私物一律截留，唯独郭子仪的辎重过境不敢截留，反而派兵护送过境。独敬重郭子仪。

唐代宗大历十四年（公元779年）九月，德宗因安葬父皇代宗的日期渐近，下令禁止屠宰。郭子仪手下的一个差役偷偷杀了一只羊运进长安，被右金吾将军裴谞发现要上疏弹劾郭子仪。他的属下劝道，汾阳王有大功于天下，你为什么不给他留有余地？裴谞说："我这样做正是为汾阳王留有余地。你们想，郭公功高声望也大，新皇刚刚继位，肯定认为百官会依附顺从郭公，我故意检举他的一点小错误，让新皇认为郭公的权势不过如此，这样做既可以上敬天子，又下安抚大臣，有什么不可以吗？"白璧微瑕之举，裴谞用心无忌。

子夫诗云：梅绽三度乘御风，暗香天地总销魂。郭府百姓任出入，玉堂何处不逢春。

第十六章　图形凌烟，盖棺定论

凌烟阁（《资治通鉴》卷一百九十六）：“阁中凡设三隔，内一层画功高宰辅，外一层写功高侯王，又外一层次第功臣。此三隔者难分内外，其所画功臣相貌皆面北，恐是在三清殿侧，以北面为恭邪！余谓北面者，臣礼也，非以在三清殿侧之故。”

唐人刘公兴《望凌烟阁》诗云：“画阁凌虚构，遥瞻在九天。丹楹崇壮丽，素壁绘勋贤。霭霭浮元气，亭亭出瑞烟。近看分百辟，远揖误贤仙。图列青云外，仪刑紫禁前。望中空霁景，骧首几留连。”

凌烟阁，是唐朝为表彰功臣而建筑的绘有功臣图像的高阁，在太极宫东北隅，位于三清殿之侧，遗址约在今西安北城门外西侧的环城公园东口处。

唐贞观十七年（公元 643 年）二月二十八日，唐太宗李世民为怀念当初一起打天下的众位功臣，自写赞词，褚遂良题额，阎立本画像，皆真人大小，供人瞻仰，共二十四位，包括人们熟知的唐太宗、长孙无忌、魏徵、房玄龄、尉迟敬德、李靖、秦叔宝等。而后，至唐代宗广德元年（公元 763 年）七月前的一百二十年间，凌烟阁再无功臣画像跟进，原因是这一百二十年大唐处于盛世，相对和平。

然而，唐玄宗天宝十四年（公元 755 年）十一月九日，安史之乱爆发，危亡之际，英雄勇武，郭子仪、李光弼双擎天下，力挽狂澜，功高盖世。唐肃宗："今郭子仪、李光弼已为宰相，若克两京，平四海，则无官以赏之，奈何？"（《资治通鉴》卷二百一十九）于是，凌烟阁自唐太宗建立的一百二十年后，唐代宗又开阁图形，迎来了两位中兴之臣：郭子仪，李光弼。

按照唐制，《凌烟阁》图形："画爵不画谥者，其人存；画爵画谥者，其人已死。"（《资治通鉴》卷一百九十六）李光弼是唐代宗广德元年（公元 763 年）七月图形，郭子仪是同年十二月图形，双擎凌烟阁时，两位大唐中兴之臣尚都在人世，无比荣耀。

唐代宗广德二年（公元 764 年）七月十四日，李光弼在徐州都统行营病逝，享年五十七岁。将星殒落，举朝哀悼。代宗皇上辍朝三日，追赠李光弼太保（三公之一，太子太保），谥号武穆。母以子贵，封李光弼的母亲韩国太夫人，两个儿子皆官至一品。与此同时，代宗皇上遣鱼朝恩到李光弼的府邸吊唁，又命京兆尹第五琦监护丧事。十一月，李光弼葬于三原

(今陕西三原县)，是时，代宗皇上诏群臣百官祖送于长安延平门外。

唐德宗建中二年（公元 781 年）六月十四日，郭子仪在长安家中寿终正寝，享年八十五岁。将星殒落，朝野哀悼。德宗皇上为悼念郭子仪辍朝五日，追赠郭子仪太师，谥号忠武，命礼部派人在先皇代宗的建陵（今陕西咸阳西北）建墓，并违反礼制，诏令在一丈八建墓的高度上再加一丈，陪葬在建陵旁，配飨先皇代宗庙廷，所有费用皆由朝廷支付，文武百官全部前往郭府吊唁。出殡的那一天，德宗皇上率百官亲临安福门，为之哭泣送行。可谓极尽天下人臣之哀荣。

盖棺定谥，先典成式，激扬清浊，治道明范①。如何评价凌烟图形的大唐中兴之臣郭子仪、李光弼，后人史评云云颇多，仁者见仁、智者见智。子夫以为，愈近时空的史评，愈客观可鉴：

其一，肃宗皇帝李亨评价李光弼："司空兼侍中郑国公光弼，器识宏远，志怀沈毅。蕴孙吴之略，有文武之材。往属艰难，备彰忠勇。协风云而经始，保宗社於阽危。由是出备长城，入扶大厦，茂功悬於日月，嘉绩被於岩廊。"（《全唐文》卷四十二)

其二，肃宗皇帝李亨评价郭子仪："司徒兼中书令朔方节度副大使子仪，风云有感，星象降生。秉文武之姿，怀经济之

① 盖棺定谥，语出《魏书·郑义传》。

器。自凶狂构祸，区宇未宁，蕴忠贞以立身，资义勇而成务。加其识度宏远，谋略冲深。张飞乃万人之敌，却縠是三军之帅。”（《全唐文》卷四十二）

其三，代宗皇帝李豫评价郭子仪：“敏事而寡言，居敬而行简，人难其易，尔易其难。卿秉德资忠，懿文经武，内凝庶绩，外定群雄。为社稷之元勋，实台陛之良辅。”（《全唐文》卷四十六）

其四，德宗皇帝李适评价郭子仪：“尚父子仪，天将人杰，生知王佐，训师如子，料敌若神。昔天宝多难，羯胡作祸，咸秦失险，河洛为戎。公能扶翼肃宗，载造区夏。于国有患，劳其勘定；于边有寇，籍其驱除。安社稷必在于绛候，定羌戎无逾于充国。绛台绥四散之众，泾阳降十万之虏。勋高今古，名璟夷狄，而劳乎征镇，二纪于兹。”（《旧唐书》卷一百二，郭子仪传）

其五，肃宗皇帝李亨评价郭子仪、李光弼：“今残妖伫翦，介士犹虞，将终九伐之功，实籍二南之力。是用增其秩序，宠以枢衡，宜正位於台司，俾克宣於嘉绩。子仪可中书令，光弼可侍中。”（《全唐文》卷四十二）

其六，代宗时期吏部尚书颜真卿评价李光弼、郭子仪：“我皇唐之反正也，时则有临淮、汾阳，秉文武忠义之姿，廓清河朔，保乂王室，翼戴三圣，天下之人，谓之李、郭。”（《颜鲁公集》）

其七，《旧唐书》（卷一百一十，李光弼等传）评价李光弼："光弼用兵，谋定而后战，能以少覆众。治师训整，天下服其威名，军中指顾，诸将不敢仰视。初，与郭子仪齐名，世称'李郭'，而战功推为中兴第一。"

其八，《旧唐书》（卷一百二十，郭子仪传）评价郭子仪："天下以其身为安危者殆二十年。校中书令考二十有四。权倾天下而朝不忌，功盖一代而主不疑，侈穷人欲而君子不之罪。富贵寿考，哀荣终始，人道之盛，此无缺焉。"

其九，《资治通鉴》（卷二百二十三）评价李光弼："临淮武穆王李光弼，治军严整，指顾号令，诸将莫敢仰视，谋定而后战，能以少制众，与郭子仪齐名。及在徐州，拥兵不朝，诸将田神功等不复禀畏，光弼愧恨成疾，己酉，薨。"

其十，《资治通鉴》（卷二百二十七）评价郭子仪："天下以其身为安危殆三十年，功盖天下而主不疑，位极人臣而众不疾，穷奢极欲而人不非之，年八十五而终。其将佐至大官，为名臣者甚众。"

以上史评，举起要义，诸君可品。后有好事者，总列郭李比较，孰勇孰武，孰始孰终，孰忠孝两全，孰悲喜交加，或扬郭抑李之嫌，或抑郭扬李之疑，实则庸人自扰，替古人担忧。纵向观历史，横向看社会，历史无非人事而聚，读之者为鉴为思而已。

子夫诗云：贵妃醉酒君王轻，安史烽火江山焚。穿越大唐都是爱，凌烟何处觅丹青。

附录 1：

《汾阳王夫人王氏碑记》

唐·杨络

鹊巢配德，合好之义深；象服建封，宠光之致极。况动循法度，躬事频繁，揭四德而表仪高门，秉一心而辅佐君子，则有夫人王氏，有唐元辅汾阳王之伉俪。本其盛族，著于太原。高祖长谐，皇左武卫大将军、秦州都督、平原郡公，赠荆州大都督，陪葬献陵。曾祖德元，银青光禄大夫、唐州刺史，祖士会，河南府陆浑县令，父守一，宁王府掾，赠兖州大都督。或勋阀可称，或理行尤异，积仁储庆，奕叶联华。夫人即兖州府君之长女，敏悟生知，孝慈天性，诞含柔范，光起韶仪；亲执组紃，备详图史，女宗之美，灿然有光。年既及笄，礼从纳币，言告师氏，归于汾阳。汾阳时宠禄未崇，盛业犹晦，夫人循节俭之行，服澣濯之衣，祗事舅姑，恪恭朝夕，视庖主馈，未尝假人，下气怡声，率由至性；生既极其养，殁又过乎戚；慎徽众善，敦叙六宗，睦娣姒以仁，接中表以义。由是闺门以穆，妇道有闻。天宝中，汾阳分镇河中，策勋王府，夫人从夫之义，封琅琊县君，寻又进封太原郡君，其后寇盗横厉，风云玄感，汾阳乃首启戎行，宣力王室，出则统一师旅，入则燮赞台阶，元勋既崇，殊赏斯至。内训之功，其子或位列通侯，或室嫔贵主，姻连右戚，荣冠中朝，门通河汉之津，地成冠盖之里。每令节嘉赏，长筵高会，青紫照庭，佩环盈室，熏灼人代，莫之与京。然约已尚柔，从夫体顺。服仁不倦，守礼无为。总是具美，允膺多福。亦尝排风阙，谒龙颜。及承制曰："汾阳郡王妻太原郡君王氏，婉娩淑德，斋庄令容，禀训姆师，友于琴瑟，作宾君子，宜尔室家。克着艰难之勋，实由辅助之力，可封霍国夫人。"初，汾阳受命东征，长驱河朔，夫人处西土，三徙其居，导诸子以义方，规众女以典则，用能聿尊礼度。伊加等之顾问。奉殊常之宠锡，容止合度，威仪可观。帝嘉其贤，尤所称重。宜其阜昌盛业，蕃衍华绪，荷恩渥于上天，保荣耀于当代。而夫人蕴高世之度，抱出尘之节，以为致盈必损，理有固然，誓弃浮华，修归正觉。于是损其服玩，斥其爱染，思契理于胜因，将息心于了义。乃舍京城西别业，奏至法雄寺。又于法云寺写藏经，修塔院，置经行之室，立禅诵之堂，景福所凭，斯焉茫昧，遐龄未及，奄尔薨殂。享年七十三，以大历十二年正月辛未，终于平康里之私第。皇慈兴叹，中使临吊，汾阳以睽偕老之期，深遗挂之恨，抚襟长恸，悼亡何及，即以其年六月二日，卜葬于万年县凤栖之原。恩诏赠赙，率加常典，哀荣之盛，今昔罕俦。有子六人：长曰银青光禄大夫、太子詹事、上柱国、太原郡开国公曜；次曰开府仪同三司、行左散骑常侍、赵国公晞；次曰开府仪同三司、行尚书吏部司封郎中、上柱国、乐平郡开国公晤；次曰银青光禄大夫、试殿中监、驸马都尉暧；次曰银青光禄大夫、守殿中少监曙；幼曰朝散大夫、守秘书省著佐郎映。有女八人：长女适成都县令卢让金；次女适鄂州观察使吴仲孺；次女适卫尉卿张湲；次女适殿中少监李洞清；次女适司门郎中郑浑；次女适汾州别驾张邕；次女适和州刺史赵纵；幼女适太常寺丞王宰。并衔恤在疚，是崇窀穸。帝女降天人之贵，从主妇之仪，手制衣衾，亲临祖载，自宫徂野，徒行号擗。此又盛德所感，明灵永慰者也。汾阳属当出镇，瞻望不及，思刻金石，以纪徽猷。绾顾无赞美之能，虚承叙德之命，式扬茂实，以副永怀。

铭曰：赫赫崇勋，郁为元臣。峨峨淑德，奄有方国。夫贵妻尊，恩深宠极。聿修阃政，以懋嫔则。妥自中年，嘉声克宣。鱼轩昭曜，翟弗婵娟。嫔从如云，歌钟沸天。永言浮世，载悟真诠。元夜何速，青乌斯卜。恻苍茄萧，苍茫陵谷。惟贞石之不朽，庶斯言之可复。

注：杨绾，字公权，陕西华阴人，与郭子仪同乡，同朝宰相。

附录2：

《贈太保臨淮武穆王李公神道碑銘》

唐·颜真卿

昔宗周之中興也，時則有若方叔召虎、總師于肇敏之業，南威蠻荆，東截淮浦，以左右宣王，詩人歌之，列在《風》《雅》。我皇唐之反正也，時則有若臨淮、汾陽，秉文武忠義之资，廓清河朔，保×王室，翼戴三聖，天下之人，謂之李、郭。異代同德，今古一時。公諱光弼，京兆萬年人也。曾祖皇左威衛大將軍幽州經略軍副使府君諱令節，祖鴻臚卿兼檀州刺史府君諱重英，父雲麾將軍左領左羽林二軍大將軍朔方節度副使薊郡開國公贈幽州都督司空諱楷洛，皆以英果沈勇，累葉將邊，憺威棱於幽碣。公即薊國公之第四子也，體渾元之正性，秉宏毅之高躅。天子純嘏，生知禮度，謨謀炳邃，默識沖深。傑出經武之才，鬱爲興王之佐。故能東征北伐，厭難康屯，挺草昧不世之功，允蒼生具瞻之望。社稷威寶，公之謂歟！初天後萬歲中，大將軍燕國公武楷固爲國大將，威震北陲，有女曰今韓國太夫人，才淑冠族。嘗鑒之曰："爾後必生公侯之子。"

因擇薊公配焉，後果生公。公年六歲，嚐撫鹿而游，薊公視而誨之曰："兒勿更爾。"公振手而起，遂絕不爲童戲。未冠，以將門子工於騎射，能讀《左氏春秋》，兼該太史公、班固之學。開元中起家左衛左郎將，歷豐、夏二都督府長史，尋遷別駕，加朝散大夫。丁父憂以毀聞，終喪不入妻室。太夫人高明整肅，有慈有威，公下色怡聲，承顺而每竭其力。雖已官達，小不如意，猶加誨讓，是以卒，故能濟其勳業。天寶二年拜寧朔郡太守，四載遷靈武道率兼安北都護，仍充朔方行軍都虞候。五年为王忠嗣河西節度兵馬使，加游骑將軍，守右領軍，賜紫金魚袋，仍充赤水軍使；八月襲封薊郡開國公。八載遷右金吾衛將軍，充節度副使，以破吐蕃及招討吐谷渾加雲麾將軍左武衛大將軍。十一載拜單於副都護，十三載爲安思顺朔方節度兵馬使。思顺慕公信義，請爲婚姻，公辭不穫免，遂托疾罷官。西平王歌舒翰聞而韙之，奏歸京師，遂守道屏居，杜絕人事。十四載冬十一月，安祿山反範陽。天下驛騷，朝廷旰食，聿求轂閫之將，爰統鷹揚之師。明年春正月，起公爲銀青光祿大夫鴻臚卿兼雲中郡太守，攝御史中丞持節充灉東節度支度營田副大使知節度事，仍充大同軍使。二月拜攝御史大夫魏郡太守，充河北道採訪使，俄除範陽郡大都督府長史，充範陽節度使。初公以朔方馬步八千人出土門，其月既望，收常山郡。前是太守顔杲卿洎長史袁履謙殺祿山土門使季欽湊，擒其心腹高邈何千年、屬太原尹王承業不出救兵，杲卿、履謙爲史思明所陷，戰士死者跆藉於滹池之上。公親以衣袂拂去其口上沙塵，因慟哭以祭之，分遣恤其家屬，城中莫不感激一心。史思明正圍饒陽，馳來拒戰，公屢摧陷之。詔拜公兼御史大夫，俾令尚書令汾陽王郭公子儀悉朔方之眾，與公合勢，南收趙郡，又敗之於沙河。夏六月，戰於嘉山，大敗之，斬穫萬計。思明露鬃跣足，奔於博陵，窮蹙無計，歸節於祿山。祿山大恐，逆徒幾潰。屬潼關不守，肅宗理兵於靈武，盡追朔方之師，加公太原尹。公以麾下及景城、河間之卒數千人至，秋八月拜戶部尚書同中書門下平章事。史思明既有河北之地，與蔡希德悉眾來攻，累月不克而退。公自賊逼城，於東南角張帳次居止，竟不省視妻子，每過府門，未嚐回顧。是後決遣事務，信宿方歸。至德二載拜司徒。冬十二月十五日，肅宗既還京師，策勳換司空兼兵部尚書，封鄭國公，食實封八百戶。公弟光進，亦以懋功同制封拜。乾元元年八月拜侍中。其年冬十月，與九節度圍安慶緒於相州。明年春三月，史思明至滏陽，屢絕我糧道。眾鹹請公簡精銳以擊之，交鋒竟日，思明奔北於百里之外。公反旆而歸，煙塵亘天，諸將皆以爲賊軍大至，遂南渡黃河。公至則無見矣，迺歸於太原。是年夏五月除範陽節度使，尋代汾陽王爲朔方節度使。秋八月充天下兵馬副元帥，以數千騎東巡，追兵馬使張用濟會於汜水。用濟獨來上謁，公數其罪而斬之。因追都知兵馬使御史大夫僕固懷恩，懷恩中夜馳赴，魚貫而前，再宿遄至，秋毫不敢犯。公趣河而東，及滑州，聞史思明已過河，遂迎強旅以至東京。移牒留守及官吏等，悉皆回避，公獨與麾下趣河陽橋城。賊先鋒已下倒懸坂，公至石橋，命秉燭徐行，一夜方達，賊望之不敢近。思明來至城下，請見公。公於城上謂之曰："我三代無葬地，一身必以死國家之患。爾爲逆虜，我爲王臣，義不兩全。我若不死於汝手，汝必死於我手。"將士聞之，無不激勵。相持凡八月，思明暴露，不敢入東京。乾元二年冬十月甲申，賊將周贄悉河北之眾，萃於河陽城北，思明以河南之眾，頓於河陽南城之南。南北夾攻，表裹受敵。公設奇分鋭，襲其虛而大破贄軍，臨陣擒其大將徐璜玉，殺穫畧盡，贄僅以身免，收軍資器械，不可勝數，思明心悸氣素，煙火不舉者三日，官軍大振。初公以爲戰者危事，勝負難必，每臨陣，嘗貯伏突於靴中，義不受辱。至是登城，西向拜舞，因歔欷不自勝，三軍見之，無不淚下。三年春正月，遷太尉兼中書令；其年改元上元。冬十一月，攻拔懷州，擒其偽節度安太清。二年春二月，統僕固懷恩自河陽趨河清，與史思明合戰於邙山，屬風雨晦冥，王師不利。公收合餘卒，屯於垣縣，遂引過請罪，懇讓太尉。肅宗不能違之，二月拜開府儀同三司中書令兼河中尹節度使。夏五月十有一日複拜太尉兼侍中，充河南副元帥都知河南淮南淮西山南東荆南五道節度行營事，出鎮臨淮。時史朝義乘邙山之捷，圍逼申、安等一十三州，自領精騎，圍李岑於宋州。公之將吏皆凶懼，議南保揚州。公謂之曰："臨淮城池卑陋，不堪鎮遏，不如徑赴彭城，俟其東寇，躡而追之，賊可擒也。”遂趨徐州。因召田神功宴慰，與同寢宿，以宋州之難告。祖道郊外，俾先飲以寵之。分麾下隸於其將喬岫，仍令兵馬使郝庭玉與岫犄角而擊之，賊遂一戰而走。使來告捷，公已屈指俟報，俄而吉語至焉。今上登極，寶應元年夏五月進封臨淮郡王。廣德元年秋七月加實封三百戶，通前後凡二千戶。賜鐵券，名藏太廟，仍圖畫於凌煙閣。冬十一月，上在陝州，以公兼東都留守。制書未下，久待命於徐州，將赴東都。屬疾痢增劇，公知不起，使使賫表奉辭。廣德二年秋七月五日已亥，薨於徐州之官舍。初將吏等問以後事，公曰："吾久在京中，不得就養，今爲不孝子矣。夫複何言哉？因取已封布絹各三千疋、錢三千貫，鬻麥以分遺將士，眾皆感痛不自勝。及公雲亡□，遂以其布爲公制服。庚申，哀問至上都，上痛悼之。輟朝三日。太夫人一慟而絕，終夕方蘇。上使開府魚朝恩就宅敦諭，京兆尹第五琦監護喪事。九月已未，追贈太保。十一月□□太常議行，謚曰武穆。夫人薛國夫人太原王氏，洎長子太僕卿義忠，並先公而逝。次曰太府少卿太僕卿象、殿中丞槖等，皆保家克荷，備聞詩禮，無忝燕翼過庭之訓。冬十一月二十七日庚申，泣而咨於王母，虔窆公於富平縣先塋之東，禮也。於戲！公以吉甫文武之資，兼樊仲將明之德。王國多難，羣胡搆紛，藉朔方偏師之旅，入井陘不測之地。思明銼鋭於恒定，祿山絕望於江淮。守太原而地道設奇，保河陽而雲梯罔冀。破周贄於溫沆，擒太清於覃懷。走史朝義叛涣之眾於梁宋，救僕固瑒已危之軍於瀛莫。皆意出事外，虜墜計中，天下有□□之□，國家無贅旒之患，此皆公之力也。公兄遵宜遵行、仕至將軍，洎弟光琰，並不幸早世。次曰光顏，特進鴻臚卿，皆以才畧，見稱時輩。季曰光進，開府儀同三司太子太保兼御史大夫渭北節度使涼國公，清識表微，沈謀絕眾，剛亦不吐，柔而能立。與公並時仗鉞，分閫□□。凌霄翼聖，既有戴天之功；華原統師，獨聞禁暴之德。方當會同正至，榮曜君親。入侍黼帷，峨二貂乎泰階之上；歸聯綵服，頓雙節於高堂之下。斯歡未劇，遺恨何居？昔斛律丞相與弟並州，同務烈於北齊；賀拔行臺與兄雍州，亦宣力於西魏。鹹稱義烈，各懋勳庸。而風樹寂寞，偏隅隘陋，比之我族，事則不侔。真卿昔守平原，困於凶羯，繄公蒞止，穫保馀生。束帶興居，空想北平之禮；操觚論撰，敢墜中郎之辭。

銘曰：羯胡猖狂，俶擾皇綱。降生臨淮，佐我興王。惟此臨淮，萬夫之望。爰初發蹟，罔或弗臧。出入忠孝，人倫激昂。其心鐵石，其行圭璋。天寶末造，河朔擾匡，天子命公。經營冀方。沙河嘉山，我伐用張。思明歸節，祿山震惶。潼關匆帥，醜虜其亡。肅宗有命，大鹵於襄。應變如神，凶徒靡亢。介珪入覲，台座用光。俾公東征，北國是皇。長圍鄴下，望入河陽。擒斬渠魁，霆擊龍驤。淮瀆鎮定，徐土翱翔，服田蠖屈，料瑒鷹揚。不有神筭，疇戡暴強。弟兄同時，秉鉞煌煌。方期凱旋，雙映旗常。晨趨法座，夕慶高堂。如何不辰，慜此不祥？素輀而反葬，白驥跼箱。簫皷悲鳴，羽儀分行。萬乘致祭，千官送喪。生榮死哀，身歿名揚。渭水川上，壇山路旁。唯馀豐碑，突兀連岡。往來必拜，萬古沾裳。

注：颜真卿，字清臣，京兆万年（陕西西安）人，与郭子仪、李光弼同朝为官，吏部尚书，著名书法家。□为阙字。

参考书目

1.《二十五史》卷5、6，上海古籍出版社

2.《资治通鉴》卷14、15、16，中华书局

3.《柏杨白话版资治通鉴》卷52、53、54，北方联合出版传媒（集团）股份有限公司、万卷出版公司

4.《中国历代战争史》第九册唐下，中信出版社

5.《隋唐长安城》，西安出版社

后记

《双擎凌烟阁》的书刚刚脱稿，有好友在微信上传了乌镇江南木雕陈列馆的“郭子仪祝寿骑门雕花大梁”图片，使我联想到“福禄寿考”这个成语，也许就是为郭子仪订制的。南怀瑾先生说：“无怪其生前享有令名，死后成为历史上‘富贵寿考’四字俱全的绝少数名臣之一。”那么，什么样的成语是为李光弼订制的呢？我想应该就是“谋定而动”了。唐肃宗李亨对李光弼评价道：“而孙武行兵，谋能制敌。克壮大业，无愧前贤。”

成语是中国传统文化的一大特色，每一个成语都代表了华夏文明中的一个故事或典故，像一颗颗璀璨的明珠，浓缩着历史的文化。如果读者今后听到“福禄寿考”，就能联想到郭子仪这个历史人物，听到“谋定而动”，就能联想到李光弼这个历史人物，仁者见仁，智者见智，文化大概就在传承。

感谢家人给予我的支持！

感谢读者给予我的机会！

感谢编辑给予我的愿望！

2017 年 6 月 13 日于青岛